Manfred Briese

Mord auf der Mühlengalerie

Ostfriesische Kriminalgeschichten

LEDA

Manfred Briese
Mord auf der Mühlengalerie
Ostfriesische Kriminalgeschichten

1. Auflage 2005
ISBN 3-934927-65-3

Leda-Verlag, Kolonistenweg 24, D-26789 Leer
info@leda-verlag.de
www.leda-verlag.de

Satz: Heike Gerdes
Titelgestaltung: Heike Gerdes
Druck und Gesamtherstellung:Bariet, Ruinen
Printed in the Netherlands

Inhalt

Frau über Bord

Da saß ich nun am Vierertisch im Café Krämer. Rechts von mir, im rechten Winkel, der Mann, der mich zu Kaffee und Kuchen eingeladen hatte. Während er redete, betrachtete ich ihn. Schütteres Haar, das in Strähnen auf die Stirn fiel, schmales, mageres Gesicht, grau, eingefallene Wangen, spitzer Mund mit nahezu farblosen Lippen. Seine Kleidung ebenso trist: alles in Beigetönen gehalten.

Ich wusste sogar sein Alter. Mit Koffer und Taschen unter dem Arm, also ziemlich schwer bepackt, hatte er vor zwei Tagen den Weg vom Bahnhof in die Stadt zu Fuß bewältigt. In dem Bewusstsein, einen besonderen Kraftakt geschafft zu haben, hatte er mich gefragt, wie alt ich ihn schätzen würde. Schweißtropfen hingen ihm im Gesicht.

Na ja, dachte ich mir, so wie er aussieht, der wird wohl zwischen zweiundsiebzig und fünfundsiebzig sein. Er tat mir leid. Also sagte ich: Fünfundsechzig, in dem sicheren Bewusstsein, ihn damit aufzumuntern. Vierundsechzig, berichtigte er kleinlaut. Das geschah, nachdem wir endlich in der Kurverwaltung angelangt waren.

Vorher war ich zu Hause gewesen, hatte im Garten Laub geharkt. Ein Blick auf die Uhr sagte mir, dass die Zeit noch gerade reichen würde, um auf der Sparkasse einen längst fälligen Rechnungsbetrag zu überweisen. Vorausgesetzt, ich würde mich beeilen. Also schwang ich mich auf das Fahrrad und sauste los.

Auf der Bahnhofstraße näherte ich mich einem Fußgänger von hinten und verlangsamte mein Tempo, um ihn zu beobachten. Ich bemerkte, wie der Mann in schlecht koordiniertem Bewegungsablauf voranschritt, dabei dauernd seine unter den linken Arm geklemmte Aktentasche zu verlieren drohte. Über ihr hing noch ein Kleidungsstück. Vermutlich eine Strickjacke, die er ausgezogen hatte, weil sie ihm unter dem leichten Mantel zu warm geworden war. Rechts schleppte er einen großen Koffer, der für sich allein schon seine ganze Kraft zu fordern schien.

Ich verringerte weiter auf Schritttempo und überlegte, ob er wohl Hilfe benötigen würde. Mit der Frage: „Wie weit ist es noch bis zur Kurverwaltung?“, kam er mir zuvor. Er wüsste, sie machte um fünf Uhr zu. Ich schaute auf die Uhr. In sieben Minuten war das keinesfalls zu schaffen. Während ich überlegte, was zu tun war, wiederholte der Mann seine Frage in einem drängenden, weinerlichen Ton. Er habe noch kein Quartier! Ich bot dem armseligen Geschöpf an, zur Kurverwaltung vorzufahren und ihn dort anzukündigen. Die Sparkasse musste noch einmal warten.

Begeistert waren die Damen in der Kurverwaltung nicht gerade. Wer will schon gern verspätet Feierabend machen! Wenn der Mann noch keine Unterkunft gebucht habe, könne er das doch draußen am Automat erledigen. Ich beschrieb die Hilflosigkeit des Gastes und erreichte das Versprechen, dass man auf ihn warten wolle.

Inzwischen hatte er es bis in die Fußgängerzone geschafft. Seinen großen Koffer wuchtete ich auf den Gepäckträger meines Rades. Zum Glück waren wir bald bei den wartenden Damen angekommen, die sich des Mannes annahmen. Grund genug, mich heimlich zu verdrücken. Nichts da! Der Mann hielt mich am Ärmel fest. „Sie waren so freundlich zu mir. Ich möchte mich mit einer Tasse Kaffee und einem Stück Kuchen bei Ihnen bedanken.“

Auch das noch! Ich probierte es mit der üblichen Floskel: „Das war doch selbstverständlich.“

Er ließ nicht locker. „Ich habe eigentlich keine Zeit“, versuchte ich mich erneut aus der beklemmenden Situation zu herauszuwinden. Es half nichts. Also ließ ich mich dazu hinreißen, zu sagen: „Morgen geht es nicht. Dann von mir aus übermorgen.“

„Oh, das ist der zehnte Todestag meiner Frau. Aber meinetwegen“, sagte er. „Und wo? Bringen Sie unbedingt Zeit mit. Ich habe so viel zu erzählen.“

Oh je, dachte ich. Das konnte heiter werden! Irgendwie beschlich mich das Gefühl, an der Schwelle eines Raumes zu stehen, den ich auf keinen Fall betreten mochte. Ich hasse es, wenn andere mich zu etwas zwingen. Wenn ich fremdbestimmt werde, nicht mehr für mich selbst entscheiden kann.

Eine Frist von zwei Tagen wurde mir gegönnt, bis ich mich entscheiden musste. Hingehen oder nicht? Auf der einen Seite hatte ich Mitleid mit ihm und Verständnis dafür, dass er seinen offensichtlichen Kummer loswerden musste. Dagegen sprach aber der Klammeraffeneffekt, dem ich mich aussetzte. Vielleicht würde er mich nach einer Stunde nicht gehen lassen. Vielleicht in den nächsten Tagen bei mir zu Hause vor der Tür stehen. Womöglich eine dauerhafte Freundschaft suchen, auf die ich nun wirklich keinen Wert legte.

Am nächsten Tag schaute ich bei der Kurverwaltung hinein und erkundigte mich, ob alles in Ordnung gekommen sei. Man sagte mir, bei wem er untergekommen wäre. Eigentlich wollte ich mich nur vergewissern, dass er meinen Namen und meine Adresse nicht erfragt hatte. Die Auskunft, die mir gegeben wurde, beruhigte mich.

Überhaupt keine Hilfe war mir mein Bruder, den ich fragte, was er in meiner Lage tun würde. Ich erwartete natürlich von ihm: „Lass die Finger von dem Mann!" Doch was riet er mir? „Klar, triff dich mit ihm. Das ist eine neue Erfahrung für dich!" Danke bestens.

Freunde meinten, die Geschichte sei zwar nicht angenehm, doch ich dürfte mich nicht drücken. Verflixt! Auch meine Frau war eine einzige Enttäuschung. Sie sagte gar nichts, zuckte nur mit den Schultern. Wahrscheinlich war sie der gleichen Meinung.

So geriet ich ins Café, in die Gesellschaft dieses eigenartigen Herrn. Viel zu reden wurde nicht von mir verlangt. Aber zuhören musste ich. Und das war nicht unbedingt ein Vergnügen! Gegen Mundgeruch bin ich nämlich überaus empfindlich, besonders weil dazu noch von seiner Kleidung der Geruch eines unsympathischen Parfüms aufstieg. Das alles zusammen als ‚Duft' zu bezeichnen, dieses eigenartige Gemisch, wäre zu viel des Guten gewesen. Während er meine Nähe suchte, seinen Kopf zu mir herüberdrehte, bog ich mich unauffällig zurück.

Er lebte allein, erzählte er, in einer Mietwohnung in Hannover. Zu dritt seien sie gewesen, außer ihm seine Frau und die Tochter Luise. Das ganze Elend habe mit einem grässlichen Unfall angefangen. Genau genommen sei es gar kein Unfall gewesen. Sie seien auf dem Weg in den Harz gewesen, um dort Urlaub zu machen. Sie alle drei. In Northeim auf dem Bahnhof, wo sie umsteigen mussten, sei etwas Schreckliches passiert.

Als er ins Bahnhofsgebäude geeilt sei, um sich noch schnell mit einer Zeitung zu versorgen, habe er es gehört. Schreckliche Schreie, quietschende Bremsen. Seine Frau, die Katharina, habe dagestanden und wie von Sinnen geschrien. Wo war die Tochter? Wo war seine Luise? Erst spät habe er begriffen, was passiert war.

Tränen liefen ihm über die Wangen. Er schaute auf seine Tasse und rührte den Kaffee, ohne ein Ende finden zu können.

Ich hielt mich zurück. Mir wurde die Geschichte unangenehm. Am Tisch mit einem Fremden, der weinte. Ein unangenehmes Gefühl. Er war mir so fremd. Verstohlen blickten Gäste von den Nebentischen herüber. Ich wartete.

„Sie hat sich vor den Zug geworfen!" Vor einen Intercity, dessen Durchfahrt vorher über Lautsprecheransage angekündigt worden war. Das habe er im Bahnhofsgebäude noch gehört.

Er rätsele nach wie vor, warum seine Frau nicht besser aufgepasst habe. Und Luise! Sich mit zwanzig Jahren vor den Zug zu werfen! Luise hätte doch alles bei ihnen zu Hause gehabt! Auf nichts verzichten müssen! Abends nach der Arbeit hätten sie immer gemeinsam ferngesehen. Das habe allen gut getan. Und jetzt wollten sie zusammen Urlaub machen. Gab es denn was Schöneres?

Warum musste sie sich vor den Zug werfen? Warum ihm das antun? Das Leben war doch bis dahin wunderbar gewesen. Ja, für kurze Zeit sei die Tochter mal ausgezogen, habe mit einem jungen Mann zusammen gewohnt. Als die beiden zu Besuch waren, hatte er dem Jungen von Luises Anfällen erzählt. Die sie als Kind gehabt hatte. Ein- oder zweimal. Kurz darauf sei die Beziehung in die Brüche gegangen und Luise wieder zu ihren Eltern zurückgekommen. Nachdem sie es ein paar Monate allein versucht hatte.

Und dann die Sache mit seiner Frau, ein knappes Jahr danach.

„Sie ist verunglückt. Das war für viele ein schlimmes Ereignis."

Alle Nachbarn und Kollegen hätten ihn bemitleidet. Plötzlich sei er allein gewesen. Kurz zuvor noch mit Tochter und Ehefrau. Und dann ganz allein.

Mir reichte es bei kleinem. So viel Herz und Schmerz. Hoffentlich war er jetzt am Ende. Schlimm genug war es, was der Mann zu erdulden gehabt hatte. Armes Schwein.

„Wollen Sie gar nicht wissen, woran meine Frau gestorben ist?“ Plötzlich machte dieser vorher so traurige, jämmerlich erscheinende Feriengast einen völlig veränderten Eindruck. Die Äuglein blitzten geradezu! Was war mit ihm nur geschehen?

„Wollen Sie es nicht wissen?“

„Ich muss gleich los!“, warf ich ein. „Wenn es nicht mehr so lange dauert!“

Der Mann winkte ab: „Das geht schnell. Ich habe sie umgebracht.“

„Nun reden Sie aber Unsinn!“, entgegnete ich unwirsch. Ich wollte weg und mich nicht vergackeiern lassen.

„Doch, das stimmt!“, bekräftigte er lächelnd. Ein triumphierendes Lächeln. Vor zehn Jahren, im Oktober, seien sie auf der Insel gewesen. Auf Langeoog. Seine Frau und er. Eine Woche nur Sturm und meist auch Regen. Dort habe er sich den Plan zurechtgelegt. Die gerechte Strafe. Alles für Luise. Auf der Rückreise hätten sie das letzte Schiff zum Festland genommen, um nicht in den starken Verkehr zu geraten. Jedenfalls habe er seiner Frau das so begründet.

Er habe sich natürlich ausgerechnet, bei der Dämmerung und im schlechtem Wetter draußen keine Zeugen befürchten zu müssen. Es hätte einiges gekostet, Katharina zu überreden, die Fahrt auf dem Schiff mit ihm an der frischen Luft zu verbringen. Am Heck, oder ist es der Bug? Jedenfalls hinten zu stehen und ins Wasser zu schauen. In einem günstigen Moment habe er sie über Bord gestemmt. Ihr Schrei wäre kaum bei ihm angekommen, kaum einen Meter weit gedrungen. „Der immer noch stürmische Wind hat ihn ihr vom Mund weg- und in Fetzen gerissen“. Diesen schrecklichen Tatbestand hatte er sehr poetisch ausgedrückt.

„Als wir in Bensersiel angelegt hatten, bin ich zum Kapitän gegangen und habe gemeldet, dass ich meine Frau nicht finden könnte.“ Der hat mich beruhigt und geraten, auf dem Anleger nachzusehen, ob sie dort vielleicht schon auf ihn wartete.

„Das glaube ich nicht, habe ich gesagt. Sie ist zur Toilette gegangen. Vor einer halben Stunde ungefähr. Seitdem habe ich sie nicht mehr gesehen.“ Ob es möglich wäre, dass sie über Bord gefallen wäre. Der Kapitän habe die Achseln gezuckt und „Hoffentlich nicht“ gemurmelt.

„Die Polizei riet mir, ein Zimmer im Hotel zu nehmen und die Nacht abzuwarten. Das tat ich, obwohl ich ja wusste, dass nichts zu erwarten war!“

„Und dann?“, fragte ich neugierig.

„Nichts dann. Am nächsten Tag, nachdem meine Aussage aufgenommen worden war, fuhr ich nach Hause. Fertig.“ Und nach kurzem Zögern: „Ich konnte sie nicht mehr ertragen. Warum hat sie es nicht verhindert, das Unglück mit Luise? Steht dabei und tut nichts! Können Sie das begreifen?“

„Und von ihrer Frau? Ihrer … Leiche? Haben Sie nie wieder etwas von ihr gehört? Meistens werden Menschen, die an unserer Küste ertrinken, in der Deutschen Bucht oder an den Nordfriesischen Inseln angeschwemmt.“

Er schüttelte den Kopf.

Wie sollte ich mich jetzt verhalten? Mit diesem Wissen? Zur Polizei gehen? Den Mörder anzeigen? Vielleicht hatte der nur eine blühende Phantasie und sich alles ausgedacht.

„Ich muss mal eben zur Toilette“, warf ich ein und erhob mich. Dort schaute ich in den Spiegel und fragte das Gesicht: Kannst du mir sagen, was ich tun soll? So sehe ich also aus, wenn ich überfordert bin. Wenn ich das Gefühl habe, dass ich möglicherweise ausgelacht werde.

Als ich mich durch die Reihe der vollbesetzten Tische zurückschlängelte, war der Mann verschwunden. Die Serviererin, die meine Verwunderung beobachtete, kam heran und berichtete, es sei alles bezahlt. Er habe es plötzlich sehr eilig gehabt.

Mir war klar, seine Adresse würde ich in der Kurverwaltung erfahren können. Wenn ich es unbedingt wollte. Aber sollte ich dort nachfragen? Mir fiel etwas anderes ein. War es nicht besser, vorsichtshalber erst einmal mit Holger zu telefonieren? Holger war Polizist. Mit ihm hatte ich bis vor einigen Jahren im TuS Fußball gespielt. Vielleicht hatte der eine Idee.

Der König der Löwen

Mandy fand das Ganze eigentlich gar nicht so prall. Um sie herum war der Teufel los, doch bestand für sie keine Gefahr, angesteckt zu werden von der Begeisterung in dieser Ecke des Abteils. Am schlimmsten gebärdete sich Sabine, die sie aus den Augenwinkeln beobachtete. Prompt kam diese auf sie zu, in einer Hand die entkorkte Sektflasche, in der anderen ein volles Glas. „Was ist los, Mandy? Komm, trink 'nen Schluck! Heute haben wir Grund zum Feiern!" Sie waren schon bei der zweiten Flasche. Sieben junge Frauen, alle so um die Dreißig, nur wenige Jahre auseinander.

Mit einer im Preis günstigen Regionalkarte zuckelten sie in Richtung Hamburg, Richtung Hafen, Richtung „Der König der Löwen", über den die Welt des Musicals nicht genug Lob ausschütten konnte. Ausschnitte gab es im Fernsehen schon mehr als einmal zu betrachten.

Die sieben Frauen waren aus verschiedenen Richtungen vom Zufall an derselben Stelle abgesetzt worden, mitten in den Kreis der „Hot Seven". Diese heißen Sieben wurden scheinbar entgegen jeder Logik aus rund zehn jungen Burschen gebildet, die seit ihrer gemeinsamen Schulzeit Jahr für Jahr bei den Handball-Stadtmeisterschaften Siege bejubelt und natürlich ausgiebig gefeiert, Niederlagen aber kaum tragisch genommen hatten. Diese Burschen verließen die Schule, lernten ordentliche Berufe und bemerkten kaum, dass der Haaransatz weiter aufwärts wanderte. Einige heirateten und zeugten Kinder.

Es dauerte nicht lange, bis die Anhängsel, diese zusammengewürfelte Frauentruppe, eine eigene Gruppendynamik entwickelten. Sie verstanden sich nach und nach so gut, dass sie sich gelegentlich auch ohne die Ehemänner trafen, zum Kaffee, um Weltbewegendes zu bequatschen. Erfahrungen mit ihren Männern etwa und Erziehungsprobleme mit den Kindern. Die Unverheirateten, noch Kinderlosen trugen es mit Fassung. Sie genossen zunächst Kaffee und Kuchen, ohne zu murren. Wenn allerdings beim obligatorischen Schnaps, der half, die Magenfüllung erträglich zu machen, immer noch die Füllung der Stillkissen und die Größe von Strampelhosen das Gespräch beherrschten, dann schließlich wurde scharf protestiert.

Das Selbstbewusstsein der Frauentruppe wuchs in dem Maße, wie die Verantwortung der Einzelnen in der Familie zunahm. Bevor sich wieder ein Paar zum Standesamt traute, wurde plötzlich die Idee in den Ring geworfen, einen Junggesellenabschied nicht nur den Männern zu überlassen.

„Warum feiern wir unseren Abschied nicht auch? Auch wir geben vieles auf, besonders unsere Freiheit!“, rief Imke. „Unser Ehemann ist die Endstation. Keine schönen Augen mehr machen dürfen, kein Flirten, keine aufregenden Dates. Nichts mehr, was uns in der Erinnerung vielleicht die Röte ins Gesicht treiben könnte, Kinder!“

„Natürlich! Mich ärgert schon lange, dass die Männer auf Tour gehen und ich zu Hause sitze und horche, ob die Lütten ruhig schlafen oder noch ein Bäuerchen quer sitzt!“, stimmte Sandra zu. Sie war die Älteste in der Runde, stolze Mutter zweier strammer Söhne.

„Hot Seven! Dass ich nicht lache!“, ereiferte sich Bibi. „Unsere Jungs haben wohl vergessen, wie heiß ihre Frauen sein können!“

Und schon war die Idee geboren, an einem anderen Wochenende den Abschied der Junggesellinnen zu begehen.

Die Planung rangierte unter „Geheime Kommandosache.“ Die künftige Braut durfte nicht erfahren, wohin es gehen sollte. Nicht bevor sie das Ziel erreicht hatten. Und es musste sensationell sein, so überwältigend, dass sie sich später mit Freude und Triumphgefühlen daran erinnern konnte. Vielleicht würde es ja gelingen, den etwas mitleidig lächelnden Männern die Schau zu stehlen. Da waren Hamburg und „Der König der Löwen“ genau die richtige Adresse.

Diesmal ging es um Sabine und Ole. Sie waren die Nächsten auf dem Weg ins Standesamt. In einer Woche wurde es ernst für die beiden. Dann waren nur noch Mandy und Beppo übrig, die Letzten, die aufpassen mussten, dass die Hunde nicht zu nahe kamen.

Mandy nippte am halb vollen Glas. Was laberte diese Sabine da? Einen Grund zum Feiern! Vielleicht, ja, sicher war das so für sie, die künftige Braut. Für Mandy wohl weniger. Bis vor zwei Jahren war noch alles anders. Vor zwei Jahren gehörte Ole noch zu ihr. Immer wieder hatte sie den schrecklichen Tag vor Augen, an dem ihr Freund Ole sich auf einmal um Sabine kümmerte. Er hatte den Arm von Mandys Schulter genommen, im Schützenfesttrubel, weil Sabine mit leisem Aufschrei die Hand vors Auge hob. Kleine Fliegen können schmerzhaft sein, wenn sie einen Ahnungslosen ins Auge treffen. „Das haben wir gleich", hatte Ole beruhigt. Verdammt, was ging ihn Sabines Auge an?

Mit beiden Händen hatte er ihr Gesicht genommen, das Lid vorsichtig angehoben, um den Störenfried ausfindig zu machen. Argwöhnisch hatte Mandy zugeschaut. Wie lächerlich Sabine so aussah! Mit einem Glupschauge! Bereit für einen Horrorfilm. Schließlich entfernte Oles Fingerspitze das schwarze Untier, nahm Sabines Gesicht erneut in beide Hände – warum eigentlich? – und stellte fest: „So, das war's schon." Mit einem Blick voller Tränen, für die allerdings das Insekt die Ursache war, himmelte Sabine Mandys Ole an. Hatten die anderen das nicht auch mitgekriegt? Das war ja direkt peinlich! Und dann dieses: „Danke, Ole! Jetzt hast du einen Wunsch frei!" Und das Lachen dazu.

Sollte das lustig sein? Dass diese kleine bescheuerte Fliege über so schlimme Zerstörungskraft verfügte! Denn: „Okay, ich komme darauf zurück", lachte Ole ebenfalls, im Scherz, wie Mandy noch annahm. Anschließend wandte er sich seiner Freundin wieder zu, als sei nichts gewesen.

Es mutete doch eigenartig an: In der nächsten Zeit wurde Ole vermehrt Nachtdienst zugeteilt. Wenn er mal bei Mandy war, ging es ihm nicht gut. Er klagte über Müdigkeit und vermied Situationen, die wie früher darauf hinliefen, richtig lieb zu ihr zu sein. Da grummelte es schon in ihrer Magengegend. Da kroch die Angst schon durch die Zimmer.

Keine vier Wochen dauerte es, bis Ole mit fadenscheiniger Begründung Mandy nahe legte, aus seiner Wohnung auszuziehen. Er brauche noch Zeit, ein paar Monate Trennung würden die richtige Prüfung für beide sein. Mandy schossen die Tränen aus den Augen. Sie brauchte keine Prüfung, sie war sich todsicher. Sie liebte Ole. Doch alle Versuche, ihn umzustimmen, zerschellten an einer Wand von Unnahbarkeit.

Weitere vier Wochen später wusste sie warum, denn Ole hatte sich neu entschieden. Mandys Platz nahm Sabine ein. Sabine hatte Beppo auf ähnlich elegante Weise ausgebootet.

Beppo war ein lieber Kerl. Deshalb überlegten die Verlierer auch nicht lange und taten sich zusammen. Der erste Schritt dazu kam von dem Jungen.

Zunächst mieden sie den Freundeskreis, aber als sie erfuhren, dass einige der „Hot Seven" Sabine und Ole sehr deutlich zu verstehen gegeben hatten, dass sie es überhaupt nicht schätzten, wie sie mit Mandy und Beppo umgesprungen seien, als sie also wussten, dass ihnen die Sympathie der anderen sicher war, fanden sie wieder hinein in die Clique. Und bald schien alles vergessen. Beppo und Mandy gehörten von nun an zusammen, genauso wie Ole und Sabine.

Nur nach außen war alles wieder im Gleichklang. Das Gefühl in Mandy aber ließ sich nicht zukleistern, das Gefühl, betrogen worden zu sein, das Opfer eines abgekarteten Spiels. Sie litt, wenn Ole Sabine verliebt anschaute, sie in den Arm nahm. Sie verzweifelte bei der Vorstellung, wie die beiden sich liebkosten, allein in ihren vier Wänden. Die Decke, unter der Sabine sich breit machte, hatte Ole und sie einmal zugedeckt, verdammt!

Sie nahm einen winzigen Schluck. Um sie herum war die Stimmung ziemlich ausgelassen, fast zu sehr. Doch Mandy fiel es schwer sich einzureihen. Sie hatte ihren Beppo, der wirklich lieb war. Aber die Stiche in der Herzgegend quälten sie immer, wenn Sabine ihr Blickfeld kreuzte.

Inzwischen waren sie in Hamburg angekommen. Es war nicht leicht, zum Ort des Musicals zu finden. Sie hatten Passanten gefragt, die ihnen den Weg nur ungenau erklärten. Sie ließen sich durch den alten Elbtunnel schicken und genossen den Gang durch dieses berühmte historische Bauwerk. Aber auf der anderen Seite war nichts zu sehen von einem großen Zelt, von Lichtreklame, von beleuchteten Löwenköpfen wie bei Metro Goldwyn Mayer. Zum Glück hatten sie so viel Zeit, dass sie ursprünglich schon Langeweile bis zum Beginn der Vorstellung befürchtet hatten. Aber die Irrwege verschlangen die Minuten wie nichts, und als sie endlich die Tickets auspacken und vorzeigen mussten, waren sie richtig in der Zeit.

Menschen in Tiere verwandelt, mit Stelzen, wallenden Mähnen, choreographisch sehr eindrucksvoll auf die Bühne gebracht, dazu die Musik, in der sich Disharmonien des Leids in Wohlklänge auflösten. Beeindruckend! Tröstlich.

Zurück war der Weg ganz einfach. So hätten sie es auch vorher anstellen müssen. Fünf Minuten hinunter, mit einer Schaluppe über die Elbe. Zur nächsten U-Bahn-Station.

Sie standen an der Rampe, in einer großen Menschenmenge, die mit ihnen die nächste Bahn möglichst bald heranwünschte, inzwischen müde, das Hotelbett herbeisehnend. Plötzlich tobte eine Horde HSV-Fans die Treppe herab, blauschwarz gekleidet, mit blauschwarzen, schmuddeligen Schals um den Hals, jeder eine Bierdose in der Hand.

Alles drehte den Kopf in ihre Richtung. Wie unangenehm! Hoffentlich gab es keine Rangelei! Diese Chaoten waren ja oft ziemlich wild und streitsüchtig, stand immer wieder in Zeitungen zu lesen. Sie schrien: „HSV! HSV!", schwenkten ihre Fahnen, grölten. Ihr bloßes Eintreten in die Szene, versetzte die Wartenden von einem Moment zum anderen in Unruhe wie ein plötzlicher Windstoß ein Roggenfeld. Im selben Moment schnurrte die Bahn in hohem Tempo heran, würde gleich sanft, fast lautlos, aber energisch stoppen.

Mandy dachte an nichts. Sie fühlte sich erschöpft, spürte die Kälte über den Rücken kriechen, schauderte. Sie sah Sabine vor sich, die durch die allgemeine Bewegung an der Rampe gefährlich weit vorn an die Kante gedrängt worden war und leicht ins Schwanken geriet.

Ein kleiner unauffälliger Stoß mit der Hüfte genügte. Die Bahn hatte noch viel Fahrt drauf. Es knallte schrecklich laut. Sofort machte dieser schrecklich laute Knall allen klar, dass etwas Schlimmes geschehen war.

Mandy, erschrocken über sich selbst, schloss sich nach kurzem Zögern ihren Freundinnen an, die schreiend und weinend den Bremsweg des ersten Wagens entlangrannten, um der mitgeschleiften Sabine zu Hilfe zu eilen.

Feuer im Baumarkt

Weil er den Klang der Martinshörner erwartete, nahm er sie schon sehr früh wahr, schon aus weiter Ferne. Sie näherten sich schnell, schwollen an und die Autos brausten kurze Zeit später auf der Hauptstraße an ihm vorbei in Richtung Süden. Jungs, lasst euch Zeit! Gebt dem Feuer eine Chance, sein Vernichtungswerk anzugehen!

Florian war soeben zurückgekommen. Jetzt schaute er aus dem dunklen Fenster seines Zimmers den Fahrzeugen der Feuerwehr nach, bis ihr Getöse sich immer weiter entfernte und schließlich verstummte. So, das war geschafft. Komisch, dass er dabei ganz ruhig geblieben war. Und nun? Ins Bett legen und sich für den Rest der Nacht dem Schlaf ausliefern?

Sein Fahrrad lehnte noch an der hinteren Hausmauer. Warum nicht hinfahren und sich den Kampf gegen die Naturgewalt angucken? Auffallen würde er bestimmt nicht. Schon jetzt waren einige Autos der Richtung des Alarms gefolgt. Eigentlich hatte er für Sensationshascher nicht viel übrig. In diesem besonderen Fall unterschied er sich allerdings kaum von solchen Menschen.

Schon von weitem sah er den Feuerschein über dem Ort des Geschehens. Die Aktion schien erfolgreich zu verlaufen. Baustoffe brannten nicht alle gleich gut, aber auf Holz und Lacke war Verlass. Es genügte ihm, was er aus der Ferne sah. Vielleicht war es besser, sich nicht zu zeigen. Der Juniorchef konnte, wenn er ihn dort antraf, unerwünschte Schlüsse ziehen. Schließlich arbeitete Florian im „Baumarkt Ahlers“, als eine Art Eingreifperson in Stoßzeiten, manchmal in den Semesterferien oder an Wochenenden.

Die Idee war ihm gekommen, als die Betriebsangehörigen Witze darüber rissen, dass einige Rauchmelder verrückt gespielt hatten. Die Feuerwehr war mit „voller Musik“ ausgerückt und am vermeintlichen Einsatzort mit tausend Entschuldigungen wieder nach Hause geschickt worden. Beim nächsten Alarm würde bestimmt nichts überstürzt werden, überlegte Florian.

Es war überhaupt nicht schwierig gewesen. Kurz vor dreizehn Uhr, Wochenendladenschluss, versteckte er sich und ließ sich einschließen. Als alles ruhig war, suchte er sich einen Schlüssel, mit dem er, wenn es so weit war, durch das Lager nach draußen entwischen konnte. Die Zeit bis zum Eintritt der Dunkelheit wurde ihm nicht lang. Vorsichtshalber hielt er sich zuerst nur in der großen Lagerhalle auf, weil dort die Bewegungsmelder wegen der umherflatternden Tauben ausgeschaltet waren. Gegen die Kälte schützte ihn ein warmer Pullover unter dicker Jacke. Er hatte sich ein Buch mitgenommen und arbeitete für sein Studium. Fach Philosophie, über die Aphorismen Schopenhauers. Als es dunkel wurde, stellte er das Lesen ein und überließ sich seinen Träumen. Dann versuchte er früher gelernte Gedichte und Balladen lautlos zu rezitieren – Belsazar von Heine schaffte er noch vollständig – oder dachte zur Abwechslung an nichts.

Um Mitternacht häufte er Papier, dünnes Holz, übergoss alles mit Terpentin, das auch im Baumarkt angeboten wurde. Er steckte erst einen großen Haufen zusammengeknüllter Zeitungen an, Werbedrucke für Rasenmäher, Schlagbohrer, und was sonst noch alles herumlag. Die Flamme brauchte ein bisschen Zeit, so hatte er es angelegt. Zu seiner Sicherheit, bis sie das Terpentin erreicht haben würde. Von diesem Moment an musste alles in Windeseile ablaufen, da jederzeit Alarm durch Rauch- oder Bewegungsmelder ausgelöst werden konnte. Bis dahin durfte kein Lichtschein nach draußen dringen, und – das war wichtig – bis dahin musste er verschwunden sein.

Es gab keine Panne, zu gut war sein Plan durchdacht und ausgeführt. Und dass er beobachtet worden war, hielt er für unwahrscheinlich. Die von ihm gewählte Tür nach draußen konnte von der Straße aus nicht beobachtet werden.

*

Den Rest der Nacht hatte er prima geschlafen. Na ja, so ganz stimmte das nicht. Hin und wieder war er wach geworden. So völlig die Ruhe selbst war er nicht. Egal. Heute zeigte der Kalender den 29. April, einen besonderen Tag. Es war der Geburtstag seines Vaters. Dreiundsechzig wäre er geworden. Das war ihm aber nicht vergönnt. Vor knapp fünf Jahren mussten sie ihn zu Grabe tragen, seine Mutter und er. Dazu nur noch eine Handvoll Freunde, die ihn nicht vergessen hatten. Dieser Tag war der schlimme Tiefpunkt einer längeren Zeit voll Bitternis.

Der Vater hatte keinen Ausweg mehr gewusst, war in den Wald gegangen, in der Dunkelheit. Mit einem Sprungseil, das noch aus Florians Kindertagen stammte und in der Waschküche am Haken gehangen hatte. Erst am Morgen vermisste die Mutter ihn. Er war noch nie seinem Zuhause über Nacht fern geblieben. Sie vermutete, dass er, wie häufiger in letzter Zeit, im Gartenhäuschen schlafen würde. Und dann die schreckliche Nachricht. Mittags standen zwei Polizisten vor der Tür. Einer von ihnen so alt wie der Vater. Mit ihm hatte er in jungen Jahren gemeinsam Fußball im Sportverein gespielt. In ihren Gesichtern stand zu lesen, wie schwer es ihnen fiel, die Nachricht zu überbringen. Der Förster hatte den Vater gefunden.

Bis heute hatte Florian noch immer nicht begriffen, warum der Vater seinem Leben ein Ende gesetzt hatte. Die Schulden, rund fünfzigtausend Mark damals, waren zwar viel Geld, aber es hätte doch eine Möglichkeit geben müssen, aus dem Irrgarten wieder herauszufinden. Bei mehr Hilfsbereitschaft. Aber die Sorgen hatten ihn immer häufiger zur Flasche greifen lassen, vor der Mutter verheimlicht, von Nachbarn manchmal beobachtet, wenn er den Schnaps im Gartenhaus versteckte. In der fraglichen Nacht hatte er sich stundenlang in diesem Holzhäuschen verkrochen und vermutlich eine Menge getrunken. Als die Mutter gegen elf den Fernseher ausschaltete und zu Bett gehen wollte, brannte in seinem Versteck noch Licht.

*

Der Vater war gelernter Maurer und verstand sein Handwerk. Nach langer Überlegung, nach Planen und Verwerfen, reifte endlich seine Entscheidung, sich an den Bau eines Eigenheimes in Eigenleistung zu wagen. Er rechnete sich aus, wie viel Geld im Monat dafür abgezweigt werden konnte. Zuerst musste ein Grundstück gekauft werden. Übers Knie sollte allerdings nichts gebrochen werden. Aber die Geduld lohnte sich. Am Buchenpfad erstand er einen Bauplatz, der die gesamte Familie begeisterte. Er war rund tausend Quadratmeter groß. Die Größe des geplanten Hauses war bescheiden, darum blieb noch genug Fläche für einen umfangreichen Gemüsegarten und ausreichend

Platz für Blumen. Und was auch wichtig war, es lag nur ein paar Meter vom Waldrand entfernt, das letzte Grundstück im Bebauungsplan.

Er stellte sich vor, wie er schnell mit seinem Fahrrad und Anky an der Leine täglich ins dunkle Grün eintauchen konnte. Die Erfüllung eines Traums. Allerdings war der Preis für dieses Paradies nicht gering. Auf alle Ersparnisse musste er zurückgreifen und von der Bank noch etwas Geld dazu leihen. Aber der Vater war hoffnungsvoll, alles im Griff zu behalten. Und diese Zuversicht übertrug sich auf die ganze Familie.

Ganz langsam, mit Ruhe und Geduld, wuchs Mauer auf Mauer. Nach einer Reihe von Monaten war der Rohbau fertig. Ein Teil des Hauses wurde so weit vorangetrieben, dass Einzug in einige Zimmer gefeiert werden konnte. Es war eng und provisorisch, aber sie sparten die Miete für die bisherige Wohnung in der Stadt. Trotz aller Beschränkungen kehrten Glück und Stolz bei ihnen ein, auch wenn Florian hin und wieder die Enge beklagte. Er verstand die Begeisterung seiner Eltern nicht ganz, fügte sich aber, weil er mitbekam, wie wichtig es für sie war.

Doch eines Tages brach alles in sich zusammen. Wunschträume entarteten zu Albträumen: Die Bauunternehmung, Arbeitgeberin des Vaters, war pleite. Arbeitslosigkeit für alle Betriebsangehörigen von heute auf morgen. Keine Aussicht auf neue Beschäftigung, die Konjunktur im Sinkflug. Die Familie, schon vorher finanziell an der äußersten Grenze der Belastbarkeit, hielt sich notdürftig über Wasser durch das Austragen von Zeitungen. Zum Glück hatte der alte Ahlers Mitleid und ein großes Herz. Er und Florians Vater waren zusammen in die Schule gegangen. Eine alte Freundschaft. So konnte der Vater in bescheidenem Umfang sein Häuschen zu Ende bauen, ohne zunächst das Material bezahlen zu müssen.

*

„Wachwechsel im Baumarkt Ahlers – Der Seniorchef überlässt dem Sohn die Leitung." So meldete es die Zeitung einige Wochen darauf. Man munkelte in der Stadt, Vater und Sohn Ahlers seien sich nicht mehr grün gewesen. Beide nebeneinander im Betrieb, das war Hü und Hott gleichzeitig. Also gab der Seniorchef auf. Die neuen Ideen der jungen Generation waren unvereinbar mit den geschäftlichen Traditionen des Alten, dem daran gelegen war, mit Geschäftsfreunden, Kunden, Nachbarn, den Vertretern von Stadt und Verwaltung gut auszukommen und nicht immer nur auf Geschäftsinteressen, auf Gewinnsteigerung, zu schielen.

Der Sohn hatte andere Vorstellungen. Er, der studierte Betriebswirtschaftler, in Managementfragen geschult, sorgte für frischen Wind. Erstens plante er, den Betrieb in viel größerem Umfang aufzuziehen. Den ersten Schritt dazu hatte der Seniorchef vor einigen Jahren schon getan, als er den Betrieb an den Stadtrand verlagerte, weil den schweren Fahrzeugen in den engen Zufahrten in der Stadt der Platz zum Manövrieren fehlte. Vorbild für die Expansionspläne war für den Junior ein Betrieb im Ammerland, den er eingehend erkundet hatte. Der Vater verstand die Welt nicht mehr. Auch alle anderen fassten sich an den Kopf. Wie sollte das gut gehen? Verdreifachung der Größe, mit einem Gartencenter, trotz der vielen Gärtnereien am Ort. Woher sollten die vielen Kunden kommen, die für die Rentabilität nötig waren?

Aber der Pioniergeist des Sohnes setzte sich durch. Das Geschäft florierte. Die Pessimisten kamen aus dem Staunen nicht heraus. Viele Menschen aus der Stadt fanden dort Arbeit, als Verkäuferin, Lagerarbeiter, Kraftfahrer. Lehrstellen für die Jugend wurden angeboten und gern angenommen. Kein Mensch wunderte sich, dass der Alte sich nicht mehr sehen ließ. Das war nicht mehr seine Welt. Das war gleichzeitig das Ende unnötiger Freundlichkeiten, der Vertraulichkeiten mit alten Kunden. Nur noch die Zahlen regierten. Härte war angesagt, die Zeit der Großzügigkeit vorbei.

Eines Tages lag im Briefkasten des immer noch nicht ganz fertigen Hauses am Buchenpfad eine Aufstellung über bisher unbezahlte Lieferungen. Mit Festsetzung der Zahlungsfrist und Androhung weitergehender Maßnahmen.

*

Am Sonntag wucherten die Gerüchte in der Stadt, wie es zu dem Brand im Baumarkt gekommen sein konnte. Von jugendlichen Banden war die Rede, von einer Gruppe Schwarzhaariger, Ausländer vermutlich. Florian besorgte sich am Morgen eine Zeitung und hörte sich dabei die Gespräche im Kiosk an, hielt sich aber aus der Diskussion heraus. Den ganzen Tag leistete er seiner Mutter Gesellschaft, legte sich in der Mittagszeit ein Stündchen aufs Sofa und verfolgte die Sportschau im Fernsehen. Am Abend packte er seine Sachen und verstaute die Reisetasche im Kofferraum seines alten Golfs, einer furchtbaren Klapperkiste. Dieses Auto raubte ihm manchmal den letzten Nerv, aber ein neues Fahrzeug konnte er sich natürlich nicht leisten.

Vom Bafög musste er die Miete in Oldenburg bezahlen. Da blieb nur noch wenig übrig. Die nötigen Bücher lieh er sich, soweit möglich, aus der Universitätsbibliothek. An Kaufen war nicht zu denken. In eigenen Exemplaren wäre ein intensives Durcharbeiten wesentlich ergiebiger, hätte er Textstellen markieren oder Seiten streichen können. Mit fremdem Eigentum ging das natürlich nicht, obwohl es auch Studenten gab, die nicht so gewissenhaft mit diesen Büchern umgingen. Das war sehr ärgerlich.

Überall machte ihm die finanzielle Enge zu schaffen. Manchen Schein seines Studienganges konnte er nicht termingerecht machen, weil er zwischendrin immer wieder Geld verdienen musste, statt lernen zu können. Beim Baumarkt Ahlers im Heimatort, wenn es über einen längeren Zeitraum ging, oder in Oldenburg in einem der vielen beliebten Bistros. Den Gästen ihr Bier zu bringen, gefiel ihm eigentlich besser. Das ermöglichte Kontakte, die manchmal weiterhelfen konnten, und es gab Trinkgelder.

Nachdem er alles zur Abreise vorbereitet hatte, setzte er sich zu seiner Mutter. Sie nahm ihn kaum wahr und guckte weiter auf den Fernseher. Verstohlen schaute er zur Seite in ihr Gesicht. Sie war zweiundsechzig und wirkte, als hätte sie die Siebzig überschritten. Ihr ganzes Leben hatte sie schwer schuften müssen. Der Kummer über den Tod des Mannes, die Umstände, die dazu führten, die Zwangsversteigerung des Hauses, an dem ihre ganze Seligkeit hing, all das hatte ihr Gesicht ergrauen lassen und tiefe Falten eingegraben.

Sie nickte nur, als er bat: „Wenn morgen etwas über das Feuer in der Zeitung steht – hebst du es mir auf?“ Ahnungslos, wie sie war.

Er fühlte sich erleichtert, als die Straßenbäume vom Lichtkegel seines Autos herangezogen wurden und plötzlich seitlich in der Finsternis verschwanden. Leichter, feiner Regen setzte ein, er durchzog das Scheinwerferlicht mit zarten Fäden.

Je mehr er sich Oldenburg näherte, desto wohler wurde ihm. Aber die erwartete Genugtuung stellte sich nicht bei ihm ein. Immerhin hatte er versucht, eine passende Antwort zu geben. Eine Antwort auf die Frage, die zu stellen der junge Ahlers sich erdreistet hatte. Wann Florian endlich sein Staatsexamen ablegen würde. Oder ob er genauso ein Versager sei wie sein Vater.

Der Fall Judith H.

Na klar, ab und zu braucht er das! Benjamin sitzt auf der Vorderkante des Sessels und stiert auf den Bildschirm. Fast möchte er hineinkriechen. Nicht genug kann er davon bekommen, vom Anblick der nackten Körper, die sich rhythmisch bewegen. Die verzerrten Gesichter auch mal in Großaufnahme.

Benne, so nennen sie ihn alle beim LSC, hält Zigarette und Bierflasche in den Fingern. Einen tiefen Schluck, und dann weiter. Die ausgeleerte Pulle knallt er auf den Tisch. Macht nichts, dass sie klirrend gegen eine andere kippt und vom Tisch poltert. Die Handlung des Films hat er kaum verfolgt. Ihn interessieren nur Szenen mit nackter Haut. Brustwarzen und Schamhaare. Bei längerem Gequatsche drückt er auf den Schnelllauf der Fernbedienung. Bis wieder was Besseres kommt. Oder zurück. Noch mal das Ganze. Sein T-Shirt klebt an den Schultern, Schweiß rinnt aus dem Gesicht.

Schließlich rollen die Namen des Abspanns über den Schirm. Zweimal der Powerknopf, Bildschirm und Recorder. Das reicht jetzt. Einen guten Schluck noch aus der Schnapsflasche. Was? Auch schon fast leer? Prost! Morgen muss es noch einmal ohne ihn gehen, in der Werkstatt. Die letzten Tage war er auch schon krank. Keinen Bock mehr darauf, diese abgefuckten Autos wieder zusammenzuschrauben! Ich mache die Lehre sowieso nicht zu Ende. Sollen die sich einen anderen suchen, der die Werkstatt ausfegt. Schön blöd!

Das eine ist sonnenklar: Heute will er es versuchen. Immer wieder hat er es sich ausgemalt. Wie es wäre, wenn sie ihm die Tür öffnen würde. Im Nachthemd oder so. Mit aufforderndem Lächeln. Heute muss es sein. Damals, in der 4. Klasse, hat sie ihn gezeichnet, verschwitzt wie er war, vom Sport. Mit bloßem Oberkörper. Heute machen wir das mal umgekehrt, Frau Lehrerin! Er zündet sich eine neue Zigarette an und geht los. Leise muss er nicht sein. Da ist niemand, der gestört werden könnte. Seine Mutter ist natürlich nicht zu Hause. Sie macht ihren Job wie meistens nachts um diese Zeit. Lacht über dumme Sprüche von besoffenen Männern. Zapft ihnen dabei ein neues Helles. Vielleicht geht ihr Entgegenkommen noch weiter. Wer weiß? Aber anscheinend macht es ihr Spaß, dieses Leben. Was soll sie auch! Ihr blöder Alter, dieser Affe, hat sich schon seit Jahren nicht mehr blicken lassen. Soll bloß wegbleiben! So einen Vater oder keinen. Besser keinen. Als plötzlich die Flurwand auf ihn zuschießt und ihn fast umrempelt, lacht er auf. „Ganz schön in Stimmung!“, kommentiert er laut sich selbst. „Coole Party heute Abend!“

*

Judith tritt einen Schritt zurück, in der Rechten der Pinsel, der steil in die Höhe weist, in der Linken die Palette mit den übrig gebliebenen und teilweise vermischten Farben. Die letzte Korrektur hat es gebracht. Die Künstlerin spürt eine leichte Erregung, wie immer, wenn eine Arbeit vollendet ist und ihr gelungen erscheint. Sie schaut noch mal. Ja, es passt alles. Alles ist so geglückt, wie sie es sich vorgestellt und erhofft hat. Fertig.

Das ist einer der Momente ihres Lebens, in denen sie mit sich und der Entscheidung einig ist, so zu leben, wie sie lebt. Judith ist Lehrerin, aus Überzeugung, Lehrerin für die Jüngsten. Jedes Kind ist wie eine Leinwand, die noch Platz für viel Farbe hat. Je mehr man an ihnen arbeitet, desto bunter werden die Persönlichkeiten. Dieses Alter in der Grundschulzeit ist nach ihrer Meinung das fruchtbarste überhaupt in der Erziehung. Über den Unterrichtsräumen hat sie ihr Domizil aufgeschlagen, in der alten Lehrerwohnung, mit separatem Aufgang. Wenig Möbel darin, aber eine Fülle von Bildern schmückt die Wände, Ölgemälde ebenso wie Aquarelle, Kreideskizzen. Ein Tisch mit zwei Stühlen reicht ihr zum Essen und für Korrekturarbeiten, in einen dicken Ledersessel lässt sie sich plumpsen, wenn das Fernsehprogramm etwas verspricht. Den Nebenraum hat sie sich als Atelier eingerichtet, ihren Lebensmittelpunkt, in dem alle ihre Eindrücke den Weg über den Pinsel auf die Leinwand finden.

Für einen Mann reicht der Platz nicht mehr, und sie hält sich auch für nicht geeignet, alles zu teilen, Kompromisse zu schließen. Und Kinder hat sie in der Schule genug. An ihnen kann sie immer wieder studieren, was Erziehung mit Liebe erreicht und wie wenig Gewalt verbessern kann. Sie liebt ihre Kinder und wird wiedergeliebt.

Ihr Lebensstil unterscheidet sich von dem der Menschen im Dorf. Sie bringt es fertig, schulfreie Tage zu verschlafen und in der Nacht einer plötzlichen Idee folgend zum Pinsel zu greifen und dabei nicht zu merken, dass die Vögel draußen inzwischen vielleicht schon den neuen Tag begrüßen. Auch heute ist es spät geworden, am letzten Schultag vor den Herbstferien.

Die Eltern ihrer 4. Klasse bewerten sie nach ihrer Arbeit mit den Kindern. Und über die gibt es nur Gutes und Lobenswertes zu registrieren. Judith bleibt natürlich nicht verborgen, dass sie insgeheim belächelt wird, wegen ihres wirren roten Schopfes, wegen der knöchellangen kunterbunten Röcke. So würden die Frauen sich niemals auf die Hauptstraße wagen. Aber bei Judith Holbein, der Lehrerin, ist das anders. Sie ist eben so.

Auf ihren Familiennamen ist sie besonders stolz. Ihr Vater, mittlerweile pensionierter Pastor, hat sich in die Genealogie seiner Familie hineingefressen und herausbekommen, dass zu den berühmten Namensvettern im 15. und 16. Jahrhundert tatsächlich eine Linie gezeichnet werden kann.

Judith legt ihre Malutensilien beiseite, den Blick dabei nicht vom Stilleben wendend. Die Änderung der Farben durch schräg einfallendes Sonnenlicht ist ihr wirklich sehr gut gelungen. Nun aber wird es Zeit, ans Schlafen zu denken. Die Zufriedenheit lässt langsam Ruhe in ihr einkehren. Morgen ausschlafen, kein Unterricht, kein Stress, sondern die Aussicht auf ein ruhiges Frühstück und ausgiebige Lektüre der Tageszeitung. Und gespannt ist sie natürlich, gespannt darauf, ob ihr soeben vollendetes Bild bei Tageslicht genauso großartig wirkt.

Plötzlich – sie schrickt auf. Der Türgong füllt den Raum. Eigentlich reichlich spät! Wahrscheinlich wieder jemand mit Sorgen. Mit Liebeskummer oder mit Problemen im Elternhaus. Sie weiß auch nicht mehr, wie es dazu gekommen ist, dass die jungen Leute im Dorf oft ihren Rat suchen. Vielleicht erledigt es sich diesmal etwas schneller. Also gut. Sie dreht den Schlüssel herum und öffnet.

„Benjamin – Benne, du? Was gibt es? Es ist ziemlich spät für eine Unterhaltung! Kannst du nicht morgen wiederkommen?“

*

Tanja Gross steigt vom Fahrrad. Was ist denn in der Schule los? Rettungswagen? Streifenwagen der Polizei? Sie bleibt unschlüssig stehen. Dann lehnt sie ihr Fahrrad an den Baum und bewegt sicht bedächtig in Richtung Schuleingang. Jetzt erst gerät ein schwarzes Fahrzeug in ihr Blickfeld. Es hat sich hinter dem knalligen Rotweißgelb der Ambulanz versteckt. Im gleichen Moment sieht sie, wie zwei Männer eine große Kiste, einen Sarg, aus dem Gebäude tragen und in das schwarze Auto schieben. Anschließend drücken sie fast geräuschlos die Heckklappe herunter und steigen ein.

„Stopp, Fräulein! Bis hier und nicht weiter!“ Ein Polizeibeamter stellt sich der Neugierigen in den Weg.

„Ist was mit der Holbein? Mit der Lehrerin?“

„Ja – und jetzt geh weiter, Mädchen!“ Der Uniformierte ist ungehalten. Aber Tanja hat ein dickes Fell.

„Ist die Holbein etwa – tot?“

„Ja, verdammt noch mal. Und jetzt verschwinde, sonst passiert was!“

Nachdenklich steigt Tanja aufs Fahrrad. Die Holbein tot? Sie beschreibt nach kurzer Strecke plötzlich einen Halbkreis auf der Straße und kehrt zurück.

„Und warum ist die Polizei hier?“

„Bei dieser Art von Todesfall ist das eben so, Mädchen.“

Aha. Diese Art von Todesfall? Das heißt doch bestimmt ‚Mord‘! Ist die Lehrerin etwa umgebracht worden? Ach du Schande. Jetzt braucht sie erst mal ’ne Lulle und ’ne Cola! Aber ab nach Hause. Hoffentlich ist die Mama noch da. Tanja hat nicht einen Euro mehr im Portemonnaie, so ein Mist!

*

Benne liegt da, mit offenen Augen und starrt an die Decke. Der Versuch, sich aufzurichten und eine anzustecken, scheitert. Diese Kopfschmerzen! Ist ihm übel! Und dann dieses komische Gefühl im Magen. Das kennt er. Das hat er nicht zum ersten Mal! Dieses verdammte Gefühl hat er immer, wenn er nach ’ner geilen Sauffete Scheiße gebaut hat. Und das kommt oft genug vor.

Aber vielleicht ist auch der Traum schuld. Das war vielleicht ein Schwachsinn, den er sich da zusammengeträumt hat! So was gibt es normalerweise gar nicht. Da kann einem ja hinterher noch schlecht werden! Dieser beschissene Traum ist schuld, klar! Diese aufgequollenen Augen! Das Blut! Ekelhaft!

Mühsam setzt er sich auf und verharrt. Dann erhebt er sich vom Sofa. Ohne nachzudenken, verlässt er die Wohnung, steht auf einmal auf der Straße. Was ist da hinten los? Da hinten bei der Schule? Während er sich in Bewegung setzt, von dem außergewöhnlichen Bild der Blaulichter angezogen – während er fast über seine Füße stolpert – schießt es ihm plötzlich in den Sinn! Kein Traum! Kein Scheißtraum! Das ist die Scheißwirklichkeit, das da vor ihm! Er hat das nicht geträumt! Ja, er ist doch noch zur Schule gegangen. Sie hat ihn hereingelassen! Aber – warum machte sie bloß so einen Larry! Warum hat sie sich gewehrt? Sie hat geschrien! Er wollte ihr doch gar nichts tun! Immer weiter hat sie geschrien. Da musste er ihr den Mund zumachen. Das musste er doch! Dieses wahnsinnige Schreien! Warum hat sie nicht aufgehört zu schreien?

*

Der Anruf hat Klaas Janssen während der Fahrt zur Dienststelle erreicht. Also Richtungswechsel. Zu diesem kleinen Dorf hinter dem Deich. Ein Fall für die Kripo. Eine tote Frau mal wieder. Wahrscheinlich erwürgt, wie es aussieht. Oder erstochen. Oder beides? Über der Schule, in der Lehrerwohnung. So einen Fall haben sie bisher noch nicht gehabt. Schnell hat er die Entfernung überbrückt. Schon von weitem erkennt er an den Fahrzeugen sein Ziel. Er drosselt das Tempo des Dienstwagens. Der junge Mann dort – was ist mit dem? Eine auffällige Erscheinung. Das Hemd hängt ihm aus der Hose, die Haare stehen kreuz und quer ab. Na ja, bei der aktuellen Mode könnte das beabsichtigt sein. Nicht aber der unsichere Gang. Er stolpert fast. Klaas Janssen tippt auf Alkohol. Alkohol am Morgen bringt Kummer und Sorgen. So früh am Tag. Diese Jugend von heute!

Der Kripobeamte verlangsamt weiter und beobachtet, wie der auffällige Bursche dem Eingang der Schule zustrebt, mit leicht schwankendem Schritt, aber dennoch zielbewusst. Klaas Janssen stellt das Fahrzeug ab und nähert sich ebenfalls dem offensichtlichen Ort des Geschehens. Er sieht, wie der Jugendliche ins Schwanken gerät, als er sich aus dem festen Griff des uniformierten Polizisten losreißen will, der ihm den Zugang verwehrt. Der Mann von der Kripo beeilt sich und ruft dazwischen; „Moment, junger Mann! Ein paar Fragen mal eben! Kommen Sie doch bitte mit!“ Er gibt dem Polizisten einen Wink, worauf dieser den Jungen zum Bulli führt, in dem die Befragung stattfinden kann.

„Ich bin sofort da! Einen Augenblick nur!“ Damit betritt er das Gebäude, um sich ein Bild von dem Ort der Tat zu verschaffen.

*

Tanja hat zwar keine Eile, doch das geht ihr langsam auf den Geist! Warum redet die Kassiererin so lange mit der Kundin vor ihr? Getuschel. Nicht laut, nicht leise. „Kein Wunder ... jeden ließ die doch rein ... selbst schuld ... und wie die herumlief ... mein Mann sagt immer, wenn du so rumläufst, weißte, was dann passiert? Weißte, was dann passiert, sagt er immer ... Eine aufs Maul kriegste ... wir hatten früher auch Lehrer ... vor denen hatten wir Respekt ... morgens erst mal eine an die Ohren ... warum hat der Baumgart das bloß gemacht ... ja, der Benjamin Baumgart ist das gewesen ... Wenn ich’s dir sage ...“

Tanjas Blick fällt auf die Boulevard-Zeitung. Auf einmal hat sie es eilig. Sie greift sich eine und bezahlt zusammen mit Cola und Zigaretten. Benne, du Idiot. Wie kannst du nur? Zu Hause schlägt sie Seite für Seite auseinander und sucht sie. Aha, da ist ja die Telefonnummer. Da muss doch was zu machen sein!

Sie tippt die Vorwahl und den Anschluss. Das Herz klopft wie wild vor Aufregung. Sofort eine freundliche Stimme, als wäre der Mann mit ihr im Zimmer.

„Haben Sie Interesse an einem Mord?“ Klar, sagt er. Wie denn ihr Name wäre, ihr Alter. Sie sei – 19. Nicht ganz die Wahrheit. Aber 17 sind sicher nicht genug! Was denn passiert wäre, und wo. Ob Tanja sich für ein paar Nachfragen bereit halten könnte. In der nächsten Stunde.

Erst mal tief durchatmen. Das klappt ja bestens. Wie sie sich fühlt! Sensationell!

Bald ist er wieder dran. Er braucht eine nähere Beschreibung des Opfers. Und Tanjas Bankverbindung. Was? Ja – Kontonummer und Bank mit Bankleitzahl. Für das Honorar.

Tanja fühlt sich großartig. Geil ist das, echt super. Geld gibt es dafür!

*

Judith Holbeins Eltern haben es sich am Frühstückstisch gemütlich gemacht. Gestern ist es fast Mitternacht geworden, bis sie endlich die heimische Wohnungstür aufschließen konnten.

Zu spät, um ihrer Tochter mitzuteilen, dass sie heil und gesund wieder zurück sind. Zehn Tage Türkei, eine anstrengende Bildungsreise. Sie brennen darauf, Judith zu berichten. Von Troja, von Ephesus, Pergamon, Philadelphia … Von der wunderbaren Stimmung in der Reisegesellschaft. Dass an jedem Morgen im Bus Andacht gehalten wurde, mit Gesang und Gebet. Dass an jedem Tag das Abendmahl gefeiert wurde, immer an besonderen Plätzen, von denen der Apostel Paulus berichtet hat. Auf Hügeln, in Olivenhainen. Mit einem provisorischen Altar, durch zusammengesuchte Steine aufgeschichtet, mit dem mitgebrachten Kelch. Ja, schade, dass Judith an dieser Reise nicht teilnehmen konnte. Aber die Ferien in Niedersachsen lagen leider zu ungünstig.

Jetzt wird erst einmal in aller Ruhe gefrühstückt, und dann sehen wir weiter. Wenn sie fertig sind, ist es vielleicht auch spät genug. Sie wissen, dass Judith ein Nachtmensch ist, oft bis spät in die Nacht an ihrer Staffelei steht und dafür länger in den Tag hineinschläft. Wenn Brötchen und Tee verzehrt sind, ist es sicher so weit, dass man sie anrufen kann. Schön wäre es, wenn sie heute oder in den nächsten Tagen herkommen könnte. Vielleicht zum Essen oder Kaffeetrinken. Das ist für Judith eine Fahrt von höchstens einer Stunde mit ihrem Auto.

Es klingelt an der Wohnungstür. Fragend schauen sich die beiden an. Der pensionierte Pastor zuckt die Schulter und geht, um zu öffnen. Vor ihm stehen zwei Polizisten in Uniform.

*

Am nächsten Morgen, voller Erwartung und Neugier, schlägt Tanja die Boulevard-Zeitung auf. Da steht es ja. Sogar mit einem Foto der Lehrerin! Wie die wohl an das Bild von Frau Holbein gekommen sind! Und was soll das heißen? *Verbotene Liebe! Schüler erwürgt Lehrerin im Bett! Er war häufig bei ihr, weil er sie liebte!* Das stimmt doch überhaupt nicht. Tanja jedenfalls hat dem Mann am Telefon diesen Unsinn nicht erzählt! Die haben ja alles verdreht! Was steht da? *Beide tranken Sekt. Sie zog sich aus, schlief mit dem Schüler in ihrem französischen Bett!*

So war die Holbein nicht! Niemals!

Tanja schlägt vor Schrecken die Hände vor den Mund. Was hat sie da angerichtet! Das ist doch alles gelogen!

*

Wenige Kilometer weiter entfernt. Das Gespräch zweier Nachbarn über die gemeinsame Hecke ihrer Gärten hinweg.

„Hast du schon in die Zeitung geguckt?"

„Ja, das mit der Holbein. Die Kollegin muss ja ein flottes Leben geführt haben. Das hätte ich nicht von ihr gedacht!"

„Mal ehrlich – irgendwie war die Holbein doch auch komisch, nicht?"

„Das kannst du laut sagen. Weißt du noch? Vor ein paar Jahren hat sie mal ein Ausbildungsseminar abgesagt. Ihr wäre das Garagentor auf den Kopf gefallen. Natürlich hätte sie selbst Unterricht vorführen müssen!"

„Also – eine originelle Ausrede! Obwohl – ein Garagentor auf den Kopf ist bestimmt nicht angenehm."

„Geglaubt hat ihr das damals aber kein Mensch. Ich hätte wohl wissen mögen, was der Schulrat dazu gesagt hat!"

„Ja, das sag' man. Und – habt ihr in den Ferien was vor? Wollt ihr verreisen?"

Das Gesicht

Was zu einem glücklichen Leben nötig ist, besaßen sie, Jens und Claudia. Es fehlte nichts. Drei wohlgeratene Kinder, Jann, Mareike und Ilona. Als Chef des Finanzamtes in der Kreisstadt bewies er immer wieder eine glückliche Hand bei Verhandlungen mit den großen Firmen und gleichzeitig auch in der Leitung dieser Behörde. Seine Leute schworen fast ohne Ausnahme auf ihn. Die Kinder besuchten das Gymnasium und ließen erkennen, dass sie das Abitur glatt schaffen würde, wenn keine unerwarteten Störungen aufträten.

In den ersten Jahren, nachdem Jens die Leitung des Amtes übertragen worden war, hatten sie sich entschlossen, ein Häuschen zu bauen. Nicht aufwändig, aber gemütlich und mit nur ein wenig Luxus. Eine Sauna zum Beispiel, aber deren Einbau zählt heutzutage schon fast zum Standard. Ein Garten gehörte dazu, der vor allem zum Spielen für die Kinder angelegt war und weil die Eltern beide ihre Freude an Blumen teilten. Auch im Zusammenleben mit den Menschen des Städtchens lief alles nach Wunsch. Sie drängten sich nicht auf, wenn es galt Freundschaft zu schließen. Aber sie zeigten auch nicht grundsätzlich die kalte Schulter, etwa weil Jens als Leiter des Finanzamtes Angst vor unbedachten Verbrüderungen hätte. An den Festlichkeiten dieses Ortes nahmen sie teil, ließen sich, wenn es sich so ergab, ein Bier ausgeben und luden auch dazu ein. Sie mussten eben genau hinsehen und im entscheidenden Moment so auftreten, dass ihr Verhalten auch am nächsten Alltag nicht angreifbar war.

Claudia hatte in ihrer Arbeit als Grundschullehrerin eine Auszeit genommen, damit sie sich ganz der Erziehung ihrer Kinder widmen konnte. Später beabsichtigte sie wieder in ihrem Beruf einzusteigen, hatte aber bisher noch nicht den nötigen Elan aufgebracht. Und außerdem redete sie sich ein, die Kinder würden sie noch brauchen.

Für Claudia war das gemeinsame Hobby wichtig, in dem sie ganz besonders aufging. Sie sangen in der Kantorei ihrer Kirche. Es hatte sie besonders gefreut, als der Kantor einmal durchblicken ließ, welcher Wertschätzung sie sich bei ihm erfreuten. Sie würden nicht wie viele andere einfach nur mitsingen, sondern Alt- und Bassstimme entscheidend mitgestalten. Wichtiger noch waren für sie die Aufführungen, vor allem wenn für Oratorien geprobt werden musste. Das waren Ereignisse, die ihr Leben sehr bereicherten und ihnen einen Zugang zum Glauben ebneten. Darin waren sie sich einig: Nicht was der Pastor von der Kanzel verkündete, war für sie ausschlaggebend. Viel mehr das, was durch die Musik in ihnen ausgelöst und weiterbewegt wurde.

Man sollte die glücklichen Zeiten festhalten, ganz fest mit beiden Händen, damit sie nicht so schnell für selbstverständlich angesehen werden. Eines Tages war es vorbei, brach alles in sich zusammen. Die routinemäßige Vorsorgeuntersuchung beim Gynäkologen hatte einen bösen Verdacht erweckt. Präzise Nachuntersuchungen brachten die Bestätigung: Claudia war krank. So krank, dass nicht viel Hoffnung auf Genesung erlaubt war. Ein Schock! Mitten in ein funktionierendes Familienleben fuhr dieser Hieb, der alles auseinander zu schlagen drohte. Dabei hatte sie sich keinesfalls krank gefühlt. Bis auf die Müdigkeit, die ihren Schwung seit einiger Zeit ein bisschen gedämpft hatte.

Ihre Reaktion war bewundernswert. Sie verzweifelten nicht, gaben nicht auf, sondern machten Pläne, wie sie ihre verbleibende Zeit gemeinsam nutzen konnten. Autofahrten an den Rhein, in die Rhön, nach München. Sogar einen Flug nach Rom traute Claudia sich noch zu, bei allen vorsichtig geäußerten Bedenken von Seiten der Ärzte. Aber gerade Rom noch einmal zu erleben, die vielen antiken Stätten, die sie als Schülerin zum ersten Mal besucht hatte, ließ sie ihre unterschwellig jetzt immer vorhandene Angst für Augenblicke vergessen. Sie hatte den unbändigen Wunsch, so viel wie möglich noch mitzunehmen, sich ihrer Krankheit nicht kampflos auszuliefern.

Die Großeltern boten den Kindern in dieser Zeit Unterschlupf und Hilfe, soweit nötig. Sie schlugen, wenn es sich anbot, dazu auch die Zelte bei ihnen auf. Besonders Jann hielt seinen Eltern den Rücken frei. Er war eine große Unterstützung auch für seine Großeltern, kümmerte sich um die Hausaufgaben, hatte ein offenes Ohr für die Nöte seiner Geschwister und bewies großes Geschick dabei, kleine Reibereien unter ihnen aufzulösen. Nur ab und zu plagten Jens und Claudia Zweifel, ob sie nicht zu viel verlangten, ob der Große nicht überfordert würde. Aber andererseits hatten sie auch wieder großes Vertrauen, Jann würde die Belastung einigermaßen wegstecken können. Schnell hatten die Kinder begriffen, dass nicht sie momentan im Mittelpunkt standen. Auch die Jüngeren wussten von der Krankheit, aber nicht, wie schlimm es um die Mutter stand.

Aber irgendwann war es so weit, dass Claudia nicht mehr weg wollte, dass sie die Kinder um sich wünschte, um sie langsam, ruhig und ohne Aufregung darauf vorzubereiten, was bevorstand. Es war erstaunlich, wie ihr dieses Vorhaben gelang.

Abends, wenn Ruhe im Hause eingekehrt war, zogen Claudia und Jens sich zurück und hörten viel Musik. Sie wollten, von Ausnahmen abgesehen, die verbleibende gemeinsame Zeit sich einander zuwenden und nicht dem Fernseher. In ihrer Lage war die Belanglosigkeit der meisten Sendungen ohnehin nicht zu ertragen.

Mehr und mehr wurde ihnen zur Gewissheit, dass die Musik ihre beste Begleitung war. Vor Jahren hatten sie noch das Reqiem von Brahms mitgesungen. Schon damals standen sie wochenlang vor und auch nach der Aufführung in dem Bann dieses Werkes. Jetzt gab es ihnen Trost und Stärke, gerade wenn sie, von der Stimmung übermannt, ihren Tränen freien Lauf ließen. Sich völlig hinzugeben, sich fallen zu lassen, schweißte sie noch mehr zusammen. *Denn alles Fleisch, es ist wie Gras, und alle Herrlichkeit des Menschen wie des Grases Blume*. Die bewegenden Paukenschläge. Ja, das Dasein war vergänglich. Sie waren mit dieser Wahrheit konfrontiert worden, gnadenlos. Dann gab es wieder Abende, in denen sie das Sopransolo mit dem Chor in sich aufsogen. Es beschrieb genau den Zustand ihrer Seelen. *Ihr habt nun Traurigkeit, aber ich will euch wiedersehen und euer Herz soll sich freuen*. Sie bezogen das ganz einfach auf sich. In ihm drückte sich ihre ganze Hoffnung aus.

Wenn es sie überkam, suchten sie die entsprechenden Textstellen in der Bibel und lasen sie nach. Meistens trug Jens sie in seiner ruhigen Art leise vor. Warum hatten sie das nicht schon früher getan?

Da war noch die Motette eines der Bach-Söhne *Ich lieg und schlafe*. Sie half ihnen, sich dem Ziel weiter zu nähern. *Ich lieg und schlafe ganz mit Frieden*. So wünschte Claudia sich ihr Ende. Hinüberschlafen, vielleicht mit Hilfe der Ärztin, hinüberschlafen und von Jens gehalten werden.

Ihr Wunsch wurde erfüllt. Eines Nachts, kurz bevor die Dämmerung durch die Ritzen der Rollläden sah, war es überstanden. Was folgte, drückte ihn nieder. Er musste mit schwerem Herzen den Kindern und Großeltern Bescheid geben und sie gleichzeitig trösten. Fast unlösbar, diese Pflicht.

Alles weitere nahm seinen Lauf. Mit Erleichterung stellte Jens fest, dass ihm die anderen Aufgaben aus der Hand genommen wurden. Der Beerdigungsunternehmer regelte alles Nötige.

Nach allem, was geschehen war, nahm eine tiefe Traurigkeit Besitz von ihm. Aber eigenartig – er fühlte sich nicht unwohl dabei. Der Schmerz, Claudia verloren zu haben, sie nie mehr im Arm halten zu dürfen, bestimmte sein ganzes Denken. Ein Lebensabschnitt, der schönste, den er sich vorstellen konnte, war zu Ende. Dennoch mischte sich auch eine innere Zufriedenheit über diese Zeit hinein, eine Dankbarkeit für etwas, das ihm nie mehr genommen werden konnte.

Doch das blieb nicht so. Es wurde unruhig um ihn herum, eine Störung, die vom Pastor ausging, für Jens unbegreiflich. Sie begann, seine Trauer zu verändern. Er fühlte sich plötzlich fremd im eigenen Haus, trotz der Kinder. Überall kam er sich fremd vor, wurzellos. Nach einer gewissen Zeit – hätte Pastor Schober nicht merken müssen, dass Zurückhaltung gefragt war? Dass Jens momentan keinen Trost suchte? Mit einer Mischung aus Mitleid, Hilfsbereitschaft, aber auch Ungeduld und mangelndem Einfühlungsvermögen hatte er Jens immer wieder angegangen. Jedenfalls empfand der es so.

Vom Beerdigungsunternehmer benachrichtigt, fand sich der Pastor umgehend im Trauerhaus ein. Vielleicht zu schnell. Doch kaum dass er mit Jens ein Wort gewechselt hatte, machte er sich wieder auf den Weg. Mit dem da sei ja noch nicht zu reden, hörten die Kinder von dem Vorbeieilenden. Jens wollte nicht reden!

Auch eine andere Sache verletzte ihn tief. Er hatte sich darangesetzt die Todesanzeige für die Zeitung zusammenzustellen. Dabei geschah es, dass er versehentlich den Zeitpunkt der Trauerfeier falsch vermerkte, statt 13.30 las man am nächsten Tag 13 Uhr. Gut, diese Zeit war in ihrer Gemeinde nicht üblich.

Aber was hätte es ausgemacht, in diesem Falle ausnahmsweise so zu verfahren? Was antwortete der Pastor auf die entsprechende Bitte? Nein, das ginge unmöglich. Dann würde es in der Stadt heißen, da brauchte nur der Regierungsrat des Finanzamtes zu kommen, und schon würden für ihn besondere Regeln gelten! So ein Unsinn! Jens sah sich gezwungen, eine neue Anzeige in die Zeitung setzen zu lassen, um den Fehler zu berichtigen.

Jens stand Pastor Schober trotzdem Rede und Antwort, damit dieser erfuhr, was er für die Bestattung wissen musste. Claudias Lebensgeschichte zum Beispiel. Das fiel dem Trauernden nicht leicht. Auch hier spürte er, dass sie auf verschiedenen Wellenlängen verkehrten. Als der Pastor sich nach einem Gebet aufmachte um zu gehen, atmete Jens auf. Aber jetzt geschah etwas, das Jens am schwersten traf: Als der Hausherr gerade die Tür hinter dem Gehenden schließen wollte, drehte sich der Pastor noch einmal um. Dieses Gesicht, von der Lampe angestrahlt, dieses gleichgültige, mitleidlose Gesicht! Pastor Schober sagte: „Trotz allem – Sie sollten sich nicht dem Gedanken verschließen bald wieder eine Frau zu nehmen. Denken Sie an Ihre Kinder." Das wagte er vorzuschlagen – zu fordern! Dann ging er. Vor Schreck blieb Jens der Atem weg. Erst allmählich ging er daran, die Tür zu schließen, ohne zu wissen, was er gerade tat. Der war wohl nicht bei Trost! Jems verschwand in der Gästetoilette gleich neben der Haustür und stierte auf das, was ihm im Spiegel entgegenstarrte, das Zerrbild seines Gesichts, sah, wie die Tränen aus den Augen herabliefen. Claudia, hast du das gehört? Der ist verrückt! Schließlich riss er sich zusammen, putzte sich die Nase und widmete sich seinen Kindern.

Am nächsten Morgen wählte er die Nummer des Pastors und teilte ihm mit, alle weiteren Informationen, die noch benötigt würden, möge er sich bitte per Telefon bei ihm einholen.

Auf die Worte des Pastors während der Trauerfeier konnte er sich nicht konzentrieren. Seine Erinnerungen flogen übergangslos von einem Ereignis zu einem anderen, und immer Claudias Gesicht, ihre Stimme, ihr Lachen der Mittelpunkt. Nachdem sie sich schließlich erhoben hatten und dem Sarg zur Ruhestätte folgten, stellte Jens mit einem Blick aus den Augenwinkeln überrascht fest, welch große Anteilnahme die Menschen der

Stadt ihm und den Kindern bewiesen. Das war ein starker Trost. Die gemeinsame Teetafel im Anschluss verstärkte noch diesen Eindruck.

Die Wochen vergingen. Leichter wurde es für den Witwer beileibe nicht. Er fiel dann doch in ein tiefes Loch und versuchte durch allerlei Aktivitäten das Nachdenken zu unterdrücken. So kam ihm auch die Elternversammlung ganz gelegen. Er hörte nur zu, hielt sich mehr im Hintergrund, um den Verlauf des Abends nicht durch mögliche Berührungsängste der anderen Eltern zu hemmen.

Kurz nach zehn näherte er sich dem Kreisverkehr, mit seinen Gedanken schon beim nächsten Arbeitstag, bei seinen Kindern, deren Fragen und Probleme zu lösen jetzt seine Aufgabe war. Plötzlich leuchteten die Scheinwerfer seines Wagens in ein Gesicht. Ein Mann auf dem Fahrrad, mit fragendem Blick. Du lässt mir doch die Vorfahrt? – Natürlich. – Nein! Nein! Es muss das Gesicht gewesen sein! Dieses Gesicht, wie jenes im Licht an seiner Haustür! Jens trat das Gaspedal durch, hinein in diese Fratze! Er registrierte ohne Schrecken, wie der Kopf des Radfahrer auf dem Asphalt aufschlug.

Einen Herzschlag später erst brachte er das Auto zum Stehen, begriff, dass etwas Schlimmes geschehen war. Etwas Unwiderrufliches. Er sprang auf die Straße, rannte zurück, beugte sich über das Unfallopfer. Pastor Schober! Sie? Schweigend, mit großen Augen starrte der ihn an. Überall im Gesicht Blut! Das Handy! Jens rannte zurück zum Auto. Wo war das Handy? Er wählte 112.

An allem schuld

Yvonne nickte stumm. Ja, sie wollte noch einen. Sie sah nur auf die Flasche, die von einer Männerhand in die Schräge gekippt wurde und einen dünnen Strahl ins Glas rinnen ließ. Der Schnaps tat gut.

Behäbig rumpelte der Planwagen über die Landstraße. In ihm eine Gesellschaft, Männer und Frauen, durcheinander kakelnd wie eine Schulklasse auf Klassenfahrt. Sie lagen altersmäßig alle dicht beisammen, so um die Vierzig, vielleicht etwas darüber.

Ab und zu hieß es: „Prost!" und „Schön, euch alle mal wiederzusehen!" Über Kinder wurde gesprochen, über Berufe, über das eigene Haus, über Urlaubsreisen. Jeder schien es darauf angelegt zu haben, den anderen zu übertrumpfen. Gelegentliche, sich bald summierende Schnäpse förderten das Durcheinander und die Lautstärke.

Yvonne hielt sich still zurück, studierte lieber die von Alkohol und Aufregung geröteten Fratzen, die vor ihren Augen herumtanzten. Oh, waren sie in Fahrt! Gealterte Karikaturen der Gesichter, die sie von früher in Erinnerung hatte. Von ihrer gemeinsamen Schulzeit vor einer Ewigkeit von Jahren. Ihre Aufmerksamkeit galt einer anderen Person, diagonal durch das Gewusel zu erkennen. Das Objekt ihrer Beobachtung hielt sich gleichfalls zurück. Wahrscheinlich Ärztin geworden, die sich für etwas Besseres hielt.

Es zog gewaltig durch den offenen Wagen. Dicke Wolken verdüsterten das Licht, rissen aber auch manchmal auf und überfluteten die Gesellschaft mit gleißendem Sonnenschein und tiefem Schatten.

Da waren sie wieder, die vergrabenen Gedanken, die verschollenen Erinnerungen. Medizin hatte Yvonne studieren wollen. Das war der Traum, seit ihr in der Klinik der Blinddarm herausgenommen worden war. Zehn Jahre alt. Die Ärztin, Frau Doktor Sundermann, war ihr Vorbild. Den Namen und auch ihr Aussehen, ihre Stimme hatte sie nie aus dem Gedächtnis verloren. Wenn die an ihrem Bett erschien, fühlte die kleine

Patientin die Wärme der beruhigenden Hände auf sich übergehen. Leider ging alles ohne Komplikationen ab, so dass Silke nach der üblichen klinischen Rekonvaleszenz das Krankenhausbett mit den Matratzen zu Hause tauschen musste. Bald erinnerte nur noch eine gut verheilte Operationsnarbe an das Ereignis. Außer den Eindrücken natürlich, die sich im Kopf eingenistet hatten.

Yvonne hatte Silke, die sie im Krankenhaus besucht hatte, angesteckt mit ihrem Fieber. Zu zweit schmiedeten sie Pläne. Beide wollten Kinderärztin werden. Mit dem weißen Kittel durch die Klinikgänge wandeln, kranken Kindern Heilung bringen, von den glücklichen Eltern dankbar verehrt werden.

Mit den Jahren wuchs auch ihr Verstand, der das selbst entworfene Bild einer Ärztin korrigierte. Das änderte aber nichts an den Zukunftsplänen.

Die Freundin war eine Musterschülerin. Zeugnisse vollgepackt mit Zweien, die schon als Selbstverständlichkeit genommen wurden. Ihrer Banknachbarin Yvonne fielen die Früchte nicht so leicht in den Schoß. Sie musste sich tüchtig nach ihnen strecken, um an sie heranzukommen. Falls sie es überhaupt schaffen konnte. Aber Silke kannte die Not ihrer Freundin vom gemeinsamen Lernen. Sie bildeten ein eingespieltes Duo. Bei den Klassenarbeiten schrieb sie groß und schräg. Die Lehrer wunderten sich, dass Silkes Buchstaben in den Rücken fielen. Sie kamen nicht darauf, dass der rechts sitzenden Yvonne damit das Abgucken erleichtert wurde. Ganz besonders die Diktate in Deutsch wurden zum Problem. Aber mit Yvonnes Hilfe wurden das Niveau immer zwischen drei und vier gehalten.

Das Ende der 10. Klasse rückte näher. Um den Sprung von der Realschule zum Gymnasium zu schaffen, in die Sekundarstufe II, war ein Notendurchschnitt von Drei in den Hauptfächern die Bedingung. Der Deutschlehrer hatte ihr versprochen, dass sie eine Drei im Zeugnis schaffen würde, wenn das Diktat nicht schlechter als befriedigend ausfiele. Ihr Klassenarbeitskonto des letzten Halbjahres war zwar schon mit zwei Vieren belastet, doch wurden ihre mündlichen Leistungen erheblich besser bewertet.

Als der Tag des letzten Diktats gekommen war, verstand Yvonne die Welt nicht mehr. Ihre Freundin Silke schrieb plötzlich anders als sonst. Winzige Buchstaben, überhaupt nicht zu erkennen, auch nicht schräg wie sonst. Was war mit ihr los? Warum nahm sie den Arm nicht weg? Silke! Ein Knuff mit dem Oberschenkel. Keine Reaktion.

Wie wird das geschrieben? Komma oder kein Komma? Lass doch mal sehen! – Unausgesprochenes Bitten, stummes Flehen. Lass mich nicht im Stich!

An diesem Tag endete die Freundschaft zwischen Yvonne und Silke. Bei der Entlassungsfeier saßen sie so weit auseinander, dass sie einander nicht sehen konnten. Yvonne beteiligte sich nicht an der Jubelfahrt mit dem Trecker durch die Stadt. Es gab nichts zu jubeln. Sie zog einen dicken Schlussstrich unter ihre Schulzeit.

Für zwei Wochen in die USA zu Verwandten, mit ihren Eltern, die sie auf andere Gedanken bringen wollten und mit ihr litten, die näheren Umstände aber nicht kannten. Viel war damit nicht erreicht. Ihr Wunschtraum, später Medizin zu studieren, wurde eingemauert und verhungerte.

Nach der Berufsschule vermittelte ihr der Vater einen Ausbildungsplatz in seiner Firma, im Büro. Sie legte die Prüfung ab, ohne Glanzpunkte. Nach der Ausbildung wollte sie weg. Je weiter, desto besser. Abbruch aller Brücken. Sie landete auf Umwegen in Bochum, in der Verwaltung einer Maschinenfabrik.

Das Leben spulte ab, ohne Begeisterung, ohne besondere Höhepunkte. Männer interessierten sie nicht, zumindest nicht für eine längere Bindung. Sie warf sich manchmal dem einen oder anderen an den Hals und ging mit ihm nach Hause, nach ausgiebigem Alkoholgenuss während der Betriebsfeiern oder bei anderen geselligen Ereignissen, die ihr Erscheinen erforderten. Aber dabei blieb es dann auch. Ihr Ansehen und ihr guter Ruf litten sehr darunter. Man tuschelte, wie leicht sie zu haben sei, aber das berührte sie kaum. Der Griff zur Flasche nach Feierabend wurde Gewohnheit. Der Alkohol machte das Leben erträglicher. Und Liebe erlebte sie nur im Fernsehen. Gelegentlich machten sich in ihrem Kopf Gedanken breit, dieses Dasein abzukürzen. Wozu diesen Trott noch weiter mitmachen, das brachte doch nichts ein.

Da flatterte eines Tages ein weißer Umschlag in den Briefkasten. Eine Einladung.

Es kommt überhaupt nicht in Frage, war ihre erste Reaktion. An ihrer ehemaligen Klasse lag ihr nun wahrhaftig nichts mehr.

Doch dann schoss ihr in den Sinn, sie würde diese Silke wiedertreffen, Silke, die an allem schuld war. Mit der mal so richtig Fraktur reden, ihr die Meinung geigen. Ihr mal so richtig klar machen, was sie mit ihrem Verhalten angerichtet hatte. Warum eigentlich nur die Meinung sagen? Der Zeitpunkt der Rache war gekommen!

Das eigene Leben war Yvonne gleichgültig geworden. Ob sie sich nun das Leben nehmen würde oder in den Knast ging, was sollte es! Also konnte sie sich auch ordentlich rächen. Vergiften, etwas ins Bier schütten. Aber was? Extrakt eines Giftpilzes? Unkrautvernichter? Oder vielleicht Goldregenblätter auspressen? Noch einfacher: Das scharfe Baummesser mitnehmen. Wenn ihr Opfer zur Toilette ging, unauffällig folgen und schauen, ob keine Zeugen störten. Und einfach im Raum der Toilette zustoßen. Zustoßen, das Messer in den Leib drücken, mit aller Kraft und Wut, dabei an die winzige Schrift denken, den Arm, der alles verdeckte, an das verdammte Abschlusszeugnis, an ihr ganzes versautes Leben! Niederstechen und in die Klokabine setzen. Ob sie das wohl schaffte? Ob sie dazu die Kaltblütigkeit besaß? Der Hass würde ausreichen, da gab es keinen Zweifel.

Sie hatte das Messer tatsächlich eingesteckt. Und der Wille, es auch zu gebrauchen, war mit der Zeit gewachsen. Zwischen der Einladung und dem Treffen selbst waren einige Wochen Zeit gewesen, alles gut zu überlegen.

In dem Planwagen ging es hoch her. Jeder gebärdete sich komischerweise genauso wie vor fünfundzwanzig Jahren in der Schule. Die Angeber gaben immer noch an, die Stillen waren still. Die Netten hatten sich anscheinend auch nicht verändert. Yvonne schaute auf die Rücken der Pferde, wunderte sich, wie durch die Perspektive vom Wagen aus die Proportionen dieser schönen Kaltblüter verfälscht wurden. Hinten riesig breit, sich nach vorn verjüngend. Ein Missverhältnis. Gleichmütig zuckelten diese ihren Weg, ohne zu fragen, warum oder wohin. Genauso hatte Yvonne in der Vergangenheit die Wege auch zurückgelegt. Gleichmütig, gelangweilt.

Auf einem Dorf in der Nähe wurde Halt gemacht, direkt vor einem Gasthaus. Hier war das Essen bestellt. In großer gemütlicher Runde wurde weiter palavert, bis Schüsseln mit dampfenden Kartoffeln hereingebracht wurden, Platten mit Mettwurst, Kasslerfleisch und Räucherwurst, dazu große Portionen Grünkohl. Der Lärm verringerte sich, als alle mit Genuss den Leckereien zusprachen.

Yvonne spürte inzwischen ihre Erregung. Jetzt war es an der Zeit aufzupassen, wenn Silke die Toilette aufsuchen würde. Das klobige Messer, das sie unauffällig aus dem Anorak gezogen hatte, saß stramm in der Jeanshose und wartete auf seinen Einsatz. Viel gegessen hatte sie nicht. Kein Appetit. Zu sehr konzentrierte sie sich auf das Geschehen um sich herum.

Wünschte noch jemand ein Getränk? Die Wirtin fragte in die Runde. Ja, ein Bier konnte sie noch bestellen. Links und rechts neben ihr hatte das gute Essen Wirkung gezeigt. Die Unterhaltung hatte sich auf normale Tonstärke eingependelt, und der eine oder andere hatte schon das Portemonnaie in der Hand und plante den Aufbruch. Yvonne unterhielt sich mit dem Tischnachbarn zur Linken über die letzte Urlaubsreise, als sich plötzlich jemand an die andere inzwischen frei gewordene Seite setzte: Silke.

Erschreckt wandte Yvonne den Blick und ließ das laufende Gespräch in der Luft hängen.

„Hallo Yvonne! Endlich habe ich mal Gelegenheit, mit dir zu sprechen. Ich habe das schon den ganzen Abend vorgehabt."

„Hallo." Die Beantwortung des Grußes fiel sehr mager aus. Ein Gespräch war nicht vorgesehen.

„Yvonne, ich muss unbedingt mit dir reden. Ich muss unbedingt etwas loswerden."

Verständnisloser Gesichtsausdruck war die Folge.

„Ich verstehe, dass du kein Interesse daran hast, mit mir zu reden. Aber tu mir bitte den Gefallen und hör zu. Es liegt mir etwas schwer auf der Seele. Seit fünfundzwanzig Jahren bedrückt mich, dass ich dich so mies behandelt habe. Den Grund dafür habe ich fast vergessen. Ich glaube, du hast dich mit meinem Freund getroffen. Dafür wollte ich dich bestrafen. Das war dumm! Das war ganz schrecklich dumm von mir! Es tut mir so leid. Immer noch."

Schweigen von der anderen Seite.

Ein neuer Versuch: „Kannst du mir irgendwie verständlich machen, dass du es mir nicht mehr übel nimmst?"

Immer noch keine Reaktion. Nicht mal ins Gesicht wollte Yvonne ihr sehen. Doch plötzlich wandte sie doch den Blick:

„Aber du bist jetzt sicher Frau Doktor, oder täusche ich mich?“ Mit einer Stimme, die von Bitterkeit verzerrt wurde.

„Nein, bin ich nicht. Ich habe damals das Physikum nicht geschafft und bin Krankenschwester geworden. Kinderkrankenschwester!“

Jetzt merkte Yvonne leicht auf. Ach! Auch Silke hatte also Pech gehabt! Siehe da! Das gefiel ihr nicht schlecht.

Silke riss sie aus ihren Gedanken. „Bei mir ist nicht alles glatt gelaufen. Nein, eigentlich ist fast alles, was ich angepackt habe, in die Hose gegangen. Ich bin geschieden. Mein Ex lebt mit meinem Sohn in der Türkei. Keine Chance, den Jungen zurückzuholen. Fünf Jahre ist er. Aber wir beide, du und ich: Können wir nicht wieder normal miteinander umgehen? Daran würde mir viel liegen. Ich hätte mich schon viel eher bei dir gemeldet. Deine Adresse war aber nicht herauszufinden. Wo wohnst du eigentlich?“

Das Eis taute. Das Gespräch entwickelte sich. Auf dem Oberschenkel drückte mittlerweile schmerzhaft das große Messer. Silke zog es aus der Hosentasche und ließ es, während sie weiter aufmerksam Silkes Worten folgte, in eine Tasche ihrer Jacke gleiten, die über der Stuhllehne hing.

„Prost, ihr beiden Stimmungskanonen!“, tönte es vom entlegenen Ende des langen Tisches. Yvonne schaute kurz hoch und schoss einen giftigen Blick zurück. Ihr gefülltes Schnapsglas schob sie beiseite. Sie hatte genug getrunken.

Auf den Spuren Luthers

Nachdem er die Tageszeitung durchgeblättert hatte, gelang es ihm, durch das Ziehen der Armstütze in Pfeilrichtung die Rückenlehne seines Sitzes schräger zu kippen. Aus den Augenwinkeln betrachtete er Elvira, die interessiert die Sonderangebote der Supermärkte verglich. Eigentlich ohne Sinn, denn in der fraglichen Woche waren sie nicht zu Hause. Aber sie tat das jeden Donnerstag, also auch heute. Hermann schloss die Augen. Vielleicht gelang es ihm, ein bisschen Schlaf nachzuholen. Die Nacht hatte ihn kaum richtig zur Ruhe kommen lassen, wie immer, wenn ihnen eine Reise bevorstand. Schon um fünf Uhr sollten sie vom Busbahnhof starten.

Als er die Augen wieder öffnete, entnahm er den großen blauen Hinweisschildern an der Autobahn, dass sie schon eine ganze Strecke zurückgelegt hatten. Er musste also tatsächlich etwas geschlafen haben. Elvira lächelte ihm zu. „Na, du hast ja gut einen abgerissen", kommentierte sie seine Auszeit.

Kurzes Räuspern im Mikrofon. „Wir machen gleich eine Pause in der Raststätte Allertal", hörte man die Stimme des Reiseleiters. „Eine halbe Stunde. Seid bitte pünktlich wieder beim Bus, damit wir keine Zeit verlieren!" Wolfgang Teufel, pensionierter Lehrer, hatte es sich zur Aufgabe gemacht, Reisen in seine ostdeutsche Heimat zu organisieren, die er akribisch vorbereitete. Schon zu Zeiten der DDR hatte er die Verbindung nie abreißen lassen und trotz aller Hemmnisse regelmäßig seine Verwandten in Thüringen besucht.

Schnell eine Tasse Kaffee im Selbstbedienungsrestaurant, schnell zur Toilette. Kleine Gruppen bildeten sich bereits, Leute, die sich von früheren gemeinsamen Reisen kannten oder gerade eben in den drei Stunden der Busfahrt beschnuppert hatten. Elvira und Hermann waren noch nicht so weit. Nicht nur, weil Hermann geschlafen hatte – sie taten sich ohnehin etwas schwer in spontaner Kontaktaufnahme. Nur Wolfgang Teufel kannten sie, von gemeinsamen Jahren an der Realschule.

Wittenberg war die erste Station der Reise und das Hotel *Alba* für zwei Nächte ihr Domizil. Zimmer belegen, sich ein wenig frisch machen, etwas trinken, und dann die Spuren Luthers aufnehmen. Da war sie, die berühmte Schlosskirche. Bekannt von Fotos, vom Geschichtsunterricht in der Schule. Thesenanschlag 1517. Von hier also nahm die Reformation ihren Ausgang.

Sehr beeindruckend auch die Grabplatten in der Kirche. Hermann sah sich alles genau an, machte viele Fotos. Trotzdem entging ihm nicht, dass eine Frau ihn mit ihren Blicken auf Schritt und Tritt verfolgte. War sie eine der übrigen Besucher in der Kirche? Oder gehörte sie etwa zu ihrer Reisegruppe? Bisher war sie ihm noch nicht aufgefallen. Irgendwie jedoch kam ihm das Gesicht bekannt vor.

Das Abendessen im Hotel zog sich ziemlich lange hin. Elvira schlug vor, dass sie beide entgegen ihrer ursprünglichen Absicht anschließend schon auf ihr Zimmer gingen. Sie war müde von dem anstrengenden Tag. Auch Hermann sagte sich, jetzt, kurz vor zehn, noch auszugehen, lohnte sich nicht mehr. Dann müssten sie morgen wieder unausgeschlafen das Besichtigungsprogramms fortsetzen.

Als sie am nächsten Tag in Torgau an der Elbe standen, genau an dem Ort, wo sich Amerikaner und Russen im April 45 die Hand gereicht hatten, stand plötzlich diese Frau neben ihm. Diesmal sprach sie ihn an: „Ist alles interessant, nicht? Hermann? So heißt du doch?"

Dem Angesprochenen wurde unbehaglich. Was wollte die Frau von ihm? Wo hatte er dieses Gesicht schon einmal gesehen? Woher wusste sie, verdammt noch mal, seinen Vornamen?

Kommentarlos ließ er sie stehen und eilte zu Elvira, die er ganz schnell in ein belangloses Gespräch verwickelte. Nur weg von dieser Frau. Mit einem Seitenblick vergewisserte er sich, dass sie ihn in Ruhe ließ.

Am Abend gab er vor, Kopfschmerzen zu haben und sich hinlegen zu müssen. Seine Frau ermutigte er, ruhig mit den anderen etwas zu unternehmen.

„Ja, wirklich? Soll ich nicht lieber bei dir bleiben?"

„Nein, geh nur! Ich kann mir schon helfen!"

Nur widerstrebend ging sie.

Als sie kurz vor Mitternacht leise die Zimmertür öffnete, lag er noch wach. Elvira war aufgekratzt wie selten zuvor. In einer kleinen Gruppe hatten sie in Wittenberg einen Spaziergang gemacht und waren zum Schluss auf ein Glas Wein in einem urigen Lokal eingekehrt. Sehr ausführlich habe sie sich mit einer netten Frau unterhalten, die immer ganz hinten im Bus sitze, dunkelhaarig, schlank. „Du weißt doch, wen ich meine!“ Roswitha heiße sie. Sie habe Elvira sogar das Du angeboten.

Es traf ihn wie ein Keulenschlag. Roswitha Weller! Sie war es, die scharfe Rosi!

Während Elvira mit der nötigen Bettschwere sofort einschlief, wälzte Hermann sich hin und her. Keine Chance auf Beruhigung, auf Schlaf. Schließlich stand er auf und spülte eine Valiumtablette hinunter. Sie aber brauchte ihre Zeit.

Zunächst ließ diese Roswitha ihn noch nicht zur Ruhe kommen. Immer wieder wurde er von der Erinnerung an sie behelligt. Er sah die Situation vor sich. Rosi, Kurt und er. Mein Gott, wie lange war das her?

Sie hatten ordentlich gebechert. Dann war Rosi aufgestanden und hatte vor ihren gierigen Blicken getanzt. Aus Übermut eine Stripteasetänzerin imitiert! Sich dabei die Bluse ganz langsam aufgeknöpft. Ohne zu bemerken, dass die Jungen das Ganze nicht mehr als Spaß ansahen. Erst griff Kurt sich die Aufgedrehte, warf sie aufs Sofa und riss ihr die übrigen Kleider vom Leib. Da gab es für sie kein Entkommen!

„So, jetzt du!“, schrie er Hermann an. Rosi rappelte sich auf und wollte verschwinden. „Du bleibst hier! Erst muss Hermann zeigen, dass er ein Mann ist! Los, Hermann! Fang endlich an!“

Warum hatte er nicht den Mut gehabt, sich zu widersetzen? Warum war er so ein elender Feigling gewesen? Er tat, was von ihm verlangt wurde. Dass Rosi dabei zu weinen begann, merkte er erst, als es zu spät war.

Die Ernüchterung folgte nach einiger Zeit. Roswitha wurde schwanger und musste die Lehre im Hotel abbrechen. Der Test wies Kurt als Vater des erwarteten Kindes aus. Hermanns Eltern aber, über die Maßen von ihrem Sohn enttäuscht, sorgten dafür, dass er die Lehrstelle wechselte, um ihn dem Einfluss Kurts zu entziehen.

Es half. Er legte eine hervorragende Prüfung ab, allerdings ohne je den schwarzen Fleck in seinem Gewissen ganz ausradieren zu können. Als sich einige Jahre später die Gelegenheit eröffnete, über den Zweiten Bildungsweg ein Lehramtsstudium zu beginnen, griff er zu und versuchte die Schatten der Vergangenheit vollends abzuschütteln.

Beim Betreten des Frühstücksraums am Morgen sah er, dass Roswitha neben Elvira Platz genommen hatte. Beide schienen sich köstlich zu amüsieren, über den gestrigen Abend vermutlich. Mit einem reservierten „Hallo“ setzte er sich dazu.

Als seine Frau die beiden miteinander bekannt machen wollte, kam Roswitha ihr zuvor: „Ach, nicht nötig, Elvira! Wir kennen uns!“ Dann wandte sie den Blick dem aufgeschreckten Mann zu. „Oder täusche ich mich?“

Hermann blieb das ganze Frühstück über stumm. Er tat gelangweilt, doch in Wirklichkeit ließ ihm eine Frage keine Ruhe: Was führte Roswitha im Schilde?

Offensichtlich hatte sie bisher noch nichts aus der gemeinsamen Vergangenheit ausgeplaudert. Das hätte Elviras Verhalten verändert.

Der Bus steuerte Eisenach an, hinauf zur Wartburg. Es störte Elvira offensichtlich nicht, dass Hermann sich von ihr zurückgezogen hatte. Mit Roswitha verfügte sie über eine fesselnde Gesprächspartnerin.

Im kleinen Lutherhaus später wurde es eng. Hermann hatte kaum einen Blick für die riesigen Gemälde übrig. Weitaus mehr beschäftigten ihn einige unbeantwortete Fragen. Ob Roswitha seiner Frau die Geschichte von damals auftischen wollte. Als späte Rache vielleicht. Um Elvira gegen ihn aufzubringen. Legte sie es etwa darauf an, dass ihre Ehe zerstört würde?

Auf der anschließenden Fahrt nach Schmalkalden, wo die Reisegruppe wieder den Bus verließ, legte er sich eine neue Strategie zurecht. Er beschloss, den beiden auf den Pelz zu rücken. Zu zeigen, dass er sich nicht beeindrucken ließ.

Zu dritt liefen sie zum Schloss Wilhelmsburg hinauf, und Hermann beteiligte sich angeregt an den Gesprächen. So konnte er kontrollieren, über welche Themen es bei den beiden ging. Im Verlaufe dieser Besichtigung kam ihm die rettende Idee. Ja, so war das Problem zu lösen. So würde von Roswitha keine Bedrohung mehr ausgehen. Andere Probleme würden sie voll in Anspruch nehmen.

Abends im Hotel Erfurter Hof saßen sie in großer Runde zusammen im Foyer. Es ging ziemlich munter daher; die Teilnehmer der Reisegruppe hatten die Phase des ausgiebigen Beschnupperns anscheinend hinter sich gebracht und lachten und schwatzten und tranken Bier oder Roten. Roswitha besaß die Dreistigkeit, sich in der Sitzecke zwischen Hermann und Elvira zu drängeln. Selbst Elvira schaute verwundert zu ihr hinauf, lachte sie dann aber einladend an. Sofort schaltete sie sich in das allgemeine Gespräch wieder ein und schnatterte munter mit. Sie schien in ihrem Element. Ein paar Gläser Wein konnten eine ganze Menge bewirken.

Rosi rückte näher an Hermann heran. Ihm war nicht wohl dabei. Ihr Parfüm benebelte seine Sinne, brachte ihn in eine Stimmung, die überhaupt nicht zu den Problemen passte, die ihn momentan beschäftigten. Verdammtes Weib! Sie ließ ihn vergessen, wo er sich befand! Sein Puls hämmerte, der Atem hetzte! Am liebsten würde er sie sich greifen und …

Aber das hätte noch gefehlt! Er riss sich zusammen, gab sich einen Ruck, stemmte den Körper aus der Sitzecke. „Ich muss mal eben …“, und weg war er. Im Lift fuhr er zum Hotelzimmer hinauf, schloss die Tür auf und ließ sich in einen Sessel fallen. Nach längerem Durchatmen schaltete er den Fernseher ein und bediente sich in der Minibar. Die Getränke kosteten ein kleines Vermögen, aber hier hatte er heute Abend seine Ruhe und ab morgen gab es keinen Ärger mehr.

Zum Frühstück ließ er Elvira unter einem Vorwand schon vorausgehen. Er konnte sich darauf verlassen, dass Roswitha sich zu Elvira an den Tisch setzen oder, falls sie schon Platz genommen hatte, diese zu sich heranwinken würde. Es klappte alles vorzüglich. Für ihn hatten sie einen Platz an dem kleinen Tisch frei gehalten. Seinem Wunsch, Elvira möchte mit ihm tauschen, kam sie entgegen. Obwohl sie den Grund dazu nicht verstand. „Ich habe keine Lust, von den Leuten beglotzt zu werden“, war sein Argument. Dabei lag ihm nur daran, allen andern den Rücken zuzukehren.

Als Elvira zum Frühstücksbüfett aufbrach, legte Roswitha ihre mit dicker Kirschkonfitüre bestrichene Brötchenhälfte auf den Teller zurück und rief: „Ich komme mit!“

Vorsichtig holte Hermann sein sauberes Taschentuch aus der Hosentasche, faltete es auseinander und nahm die eingewickelten winzigen Blopress-Tabletten heraus. Er selbst musste täglich eine von ihnen gegen Hypertonie nehmen. Jetzt sollten sie ihm auch noch gegen ein anderes Problem zu Hilfe kommen.

Welche Auswirkungen das Schlucken mehrerer Tabletten haben würde, war ihm nicht bekannt. Der Blutdruck würde natürlich erheblich gesenkt, die Person vermutlich eine Zeit außer Gefecht gesetzt. Zumindest als Warnung müsste es allemal reichen. Diese winzigen Pucks drückte er tief unter die Kirschmarmelade und strich die Oberfläche mit Roswithas Frühstücksmesser wieder glatt.

Mit oder ohne Mahlzeit einzunehmen, stand auf dem Beipackzettel. Also wurde nicht gegen die Vorschrift verstoßen. Er lachte bitter auf. Schwarzer Humor, dachte er. Ich wusste gar nicht, dass ich zu so etwas fähig bin.

Schon auf der Busfahrt nach Weimar ging es Roswitha nicht gut. Alles schaute zu ihr hinüber. Ein Schwächeanfall? Was war nur los mit ihr? In Weimar angekommen stieg sie aus dem Bus, von helfenden Händen gestützt. Sie wollte ihren Zustand nicht wahrhaben und schüttelte die Helfer ab. Der Hoteleingang auf der anderen Seite der Straße war ihr Ziel. Sie trat auf die Fahrbahn, um sie zu überqueren, strauchelte. Und während sie stürzte, genau in diesem Augenblick, fuhr ein Mercedes nicht langsam, aber auch nicht zu schnell um die Ecke und erwischte sie voll. Es sah schlimm aus. Sie lag regungslos auf dem Asphalt. Aus einer Wunde im Gesicht quoll Blut.

Es dauerte nicht lange, bis der Rettungswagen zur Stelle war. Mit geübten Handgriffen wurde sie vorsichtig auf eine Trage gehoben und in den Innenraum des Fahrzeugs geschoben. Mit Blaulicht und Martinshorn ging es ab.

In den Gesichtern der Umstehenden stand das Entsetzen geschrieben, der Schreck über das, was vor ihren Augen soeben geschehen war. Zwischen ihnen stand auch Hermann, äußerst blass.

Eine Schnapsidee

Ein bisschen frisch war es schon im Wasser, jetzt zwischen vier und fünf in der Frühe. Man konnte es getrost eine Schnapsidee nennen, was Hero und Philipp da veranstalteten. Nach dem Skatspielen, als sich das Quartett auflöste und schlafen gehen wollte, fanden zwei von vier Buben nicht den Weg nach Haus.

„Jetzt schwimmen gehen, das wär's doch! Ich glaube, wir haben gerade Hochwasser!"

„Ohne Badehose und Handtuch?"

Der Gipfel der Unvernunft war, dass sie mit Heros Auto fuhren. Alkohol hatten sie wirklich zur Genüge in ihren Adern.

Philipp genoss es, mit ruhigen Schwimmbewegungen die spiegelglatte Oberfläche zu durchschneiden. Oberhalb des Wassers, dessen Grenze zum Himmel sich verwischte, dämmerte es leicht. Halt, er musste aufpassen, dass er sich nicht zu weit hinauswagte. Wo war Hero?

Philipp bemühte sich, in kräftigen Zügen die Basaltsteine des Deiches anzusteuern. Es fiel ihm ziemlich schwer. Der fehlende Schlaf, der genossene Alkohol lähmten Arme und Beine. So erschöpft fühlte er sich, dass es ihm schwer fiel, Luft einzusaugen. Ruhig bleiben, sagte er sich. Keine Panik. War der Freund schon aus dem Wasser?

„Hero?"

Philipp stieg mit wackeligen Beinen, vorsichtig von einem Stein zu nächsten tastend, die Schräge hinauf. Plötzlich vernahm er Motorengeräusch. „Hero!" Was sollte das denn? Ließ er ihn etwa im Stich? Das konnte doch wohl nicht angehen!

Wo waren seine Kleidungsstücke? An dieser Stelle hatte er sie doch abgelegt! Ganz sicher! Keine Spur mehr von ihnen. Was jetzt?

Beim Skat war dem Freund einiges schief gelaufen. Achtzehn Euro musste er am Schluss auf den Tisch legen. Vielleicht war der Ärger groß, dass Philipp ihm einige Male Kontra geboten und er die Spiele vergeigt hatte. Hatte ihm der Jubel der Sieger derart zugesetzt?

Männer heulen nicht. Aber Philipp, nass, vor Kälte bibbernd, musste sich zugeben, dass er nicht weit davon entfernt war. Splitternackt machte er sich auf den Weg. Was sollte er auch sonst tun? Gut dass der Wind noch schlief und der Himmel sich erst anschickte, die Dunkelheit abzustreifen. So sehr er sich bemühte, Philipp fand nichts, was er sich hätte umhängen können, keinen weggeworfenen Stofffetzen, keine Zeitung. Nichts.

Einige hundert Meter vor ihm machte er die dunklen Umrisse von Gerjets' Hof aus. Plötzlich erwachte die graue Masse zum Leben. Eine gleichmäßige Reihe von Quadraten hob sich mit einem Schlag hell davon ab. Aha, Melkzeit. Das Licht im getrennt stehenden Stallgebäude war eingeschaltet worden. Bauer Gerjets ließ zur Milchabgabe bitten.

Seine Anlage war auf neuestem Stand, das wusste Philipp. Per Computer war alles so programmiert, dass die Kühe sich fast selbst melkten. Sie wussten, wohin sie zu gehen hatten. Der Vorteil an dieser Art der Milchwirtschaft war, dass sie ohne menschliche Mitwirkung funktionierte.

Vorsichtig lugte Philipp in die Melkanlage. Wo war der Bauer?

Kopftuch? Jeans? Karierte Bluse? He! So sah kein Mann aus! Hilke, um Himmels Willen! Die Tochter! Er sah sich um. Sie schien ganz allein hier zu sein. Wie unangenehm! Hilke war zwar ein nettes Mädchen, aber ein Mann wäre Philipp in diesem Zustand lieber gewesen!

Er hielt sich hinter der Tür. Einige Kühe hätten ihn entdeckt, bildete er sich ein, und glotzten ihm mit ihren großen Augen auf den Punkt.

„He, ist da jemand?", rief jetzt auch Hilke. Kurzes Auflachen, als sie seines Aufzugs gewahr wurde. Nun war es ihm auch egal. Wozu sollte er krampfhaft seine Hände dauernd vor einen Teil seines Körpers halten? Hilke war alt genug und wusste, wie ein nackter Mann aussah. Mit oder ohne – albern kam er sich sowieso vor.

„Irgendwas ist schief gelaufen bei dir, stimmt's?" Ihr ungezwungenes Lachen tat ihm gut.

Nachdem sie den reibungslosen Ablauf im Stall überprüft hatte, eilte sie ins Haus und kam mit einem Bademantel zurück, den sie ihm zuwarf, nicht ohne noch schnell einen Blick zu riskieren. Philipp bot keinen hässlichen Anblick.

„Du musst aber schon warten, bis ich hier fertig bin. In dieser Woche muss ich die Tiere allein versorgen. Meine Eltern sind im Urlaub. Wenn ich so weit bin, fahr ich dich zu deiner Wohnung“, versprach sie ihm.

*

Philipp hatte Hero schon eine ziemliche Zeit nicht mehr gesehen. Seine Wut auf ihn war inzwischen verblasst. Aber so ganz vergessen noch nicht. Das war kein Spaß gewesen, ihn in eine solche Notlage zu bringen! Gestern nun rief der Freund an: „Hast du Lust, mit zum Werder-Heimspiel zu fahren?“

„Spielen die nicht gegen die Bayern?“

„Ja klar. Ich habe einem Kollegen die Karten abgekauft. Keine Ahnung, was dem dazwischengekommen ist.“

Tolle Idee. Die war geeignet, den Streit zwischen ihnen vollends zu begraben.

„Das wird ein Abschied nach meinem Geschmack!“, hängte Hero noch an.

„Wieso Abschied? Ziehst du weg?“ Hero weg von Ostfriesland? Das konnte man sich kaum vorstellen. Aber wer weiß, vielleicht war eine Frau im Spiel.

*

War das eine Stimmung im Stadion! So oft kam es schließlich auch nicht vor, dass den Bayern in Norddeutschland die Lederhosen ausgezogen wurden. Und das nach einem 0:2-Rückstand der Bremer! Jubel, Rückenklopfen mit Menschen neben ihnen, die sie nicht kannten und im Leben nie wiedersehen würden. Man fachsimpelte miteinander, und für zwei Stunden währte eine innige Freundschaft zwischen ihnen.

Auf der Rückfahrt schnitt Philipp das Thema „Nächtliches Baden“ doch noch an. Irgendwie mussten doch unter Freunden aufgetretene Missstimmungen aus der Welt geschafft werden, und zwar völlig und für immer, überlegte er sich.

Doch Hero reagierte in unerwarteter Weise: „Gut, dass du selbst davon anfängst. Dieses Hühnchen mit dir zu rupfen, hatte ich mir für die Rückfahrt auch noch vorgenommen.“

„Das verstehe ich nicht“, rätselte Philipp. „Wieso willst du mit mir ein Hühnchen rupfen? Habe vielleicht ich dir etwas angetan? Doch wohl nicht! Das war doch eher umgekehrt!“

Ätzend scharf, gar nicht wie unter Freunden, die Entgegnung: „Von wegen! Ich habe mir den Luxus erlaubt, dich aus der Ferne zu beobachten, so richtig mit Fernglas. Ich wollte meinen Spaß haben, das verstehst du doch. Aber dass du mit deinem nackten Arsch im Dauerlauf ausgerechnet zu Gerjets' Hof ranntest! Das war eigentlich nicht so in meinem Sinne!"

„Verstehe ich nicht. Das konnte dir doch egal sein. Außerdem war es das erste Gebäude, in dem ich Hilfe erwarten konnte. Die ganze Geschichte war peinlich genug. Und du ganz allein hast sie mir eingebrockt, Hero!"

„Es geht noch weiter! Ich habe auch gesehen, dass Hilke dich nach Hause gebracht hat, mein Lieber!"

„Ja …" Philipps Redefluss stoppte, er brachte im Moment nichts weiter heraus. „Hilke …"

„Sei schön still! Ich habe auf die Uhr geguckt, Freundchen. Eine halbe Stunde ist sie im Haus gewesen. Sage mir, Philipp, warum konnte sie denn nicht gleich zurückfahren?" Ein herausfordernder Blick zum Beifahrer.

Genau das werde ich dir auf keinen Fall erzählen, dachte Philipp. Er sah Hilke vor sich, und sein Herz machte einen Hüpfer. Für ihn stand jedenfalls eines fest: Mit dieser wunderbaren halben Stunde hatte für ihn eine neue Zeitrechnung begonnen!

Er schreckte auf! Was sagte Hero da? „Hast du denn nicht gewusst, dass ich mich mit Hilke verloben wollte? Demnächst?"

„Was? – Nein!" Volltreffer. Philipp rappelte sich wie ein Boxer nach dem Niederschlag wieder auf, völlig verwirrt. Aber schnell fing er sich! Das konnte unmöglich wahr sein! Falls die beiden zusammen gewesen wären, hätte er es doch irgendwann erfahren! Und auf jeden Fall natürlich respektiert.

Das fehlte gerade noch! Ob Hilke das auch bekannt war, oder handelte es sich um Wunschdenken eines heimlichen Verehrers? Zumindest war vorauszusetzen, dass sie bestimmt nicht die Absicht hatte, sich mit ihm zu verloben. Sie war alles andere als ein Flittchen.

Unvermittelt beschleunigte Hero das Auto, als wäre er auf dem Nürburgring zu Hause. „Ich kriege sie nicht und dir gönne ich sie noch weniger. Also verzichten wir beide!" Das Fahrzeug schoss vorwärts!

Legte er es darauf an, sie beide umzubringen, dieser Idiot?

„Sei vernünftig, fahr langsamer!"

Heros verzerrtes Gesicht bewies, dass er überhaupt nicht daran dachte.

Meine Güte! Philipp wurde immer kleiner in seinem Sitz. Was sollte das werden? Er war zu aufgeregt, um einen klaren Gedanken zu fassen. Was konnte man bei dieser Geschwindigkeit tun? Wie ihn beschwichtigen, um Gottes Willen?

Einige Kilometer rasten sie jetzt schweigsam über die Autobahn. Viele der Überholten, die selbst ein ziemlich hohes Tempo vorlegten, schauten überrascht zur Seite. Philipp traute sich nicht, auf den Tacho zu schielen.

Derweil schien Hero völlig auszurasten. „Hurra! Werder hat gewonnen!" Seine Stimme überschlug sich: „Werder! Werder! Werder!" Und dann: „Bayern! Bayern!" Nun drehte er ganz und gar durch!

Philipp war der Kopf wie zugenagelt. Es fiel ihm nichts ein, womit er den Rasenden von dem Irrsinn hätte abbringen können. Im Gegenteil: „Pass auf, die Baustelle. In zwei Kilometern sind die Fahrstreifen verengt. Da kannst du doch nicht so reinbrettern!"

„Oh doch, das kann ich! Du wirst es erleben, wie ich das kann! Aber nicht mehr lange wirst du das erleben! Nicht mehr lange!"

Ein paar Atemzüge später, auf einmal mit ganz ruhiger Stimme: „Ich habe meiner Mutter einen Zettel hingelegt. Dass wir uns nicht wiedersehen werden. Ja, Freund Philipp, das war's! Aus! Vorbei! Du kannst ja schon mal Kassensturz machen. Hat sich dein Leben gelohnt? War es schön? Oder tut es dir vielleicht leid, dem besten Freund alles kaputt gemacht zu haben?"

Plötzlich schoss Philipp das Telefongespräch mit Hero in den Sinn, die Rede vom Abschied. Seine naive Schlussfolgerung, nur eine Frau könnte die Hauptrolle dabei spielen!

„Erst zu Werder, dann gemeinsam einen tödlichen Unfall bauen? Hast du alles so geplant?"

„Genau so ist es! Das war doch großzügig, dir zum Schluss dieses geile Spiel zu bieten! Der letzte Tag, den wir erleben, ist der aufregendste! Der reine Wahnsinn! Findest du nicht?"

Hilflos starrte Philipp auf die freie Fahrbahn vor ihnen, die wie ein Ungeheuer auf sie zuzustürzen schien. Er schloss die Augen.

Irgendwann würde es gewaltig krachen. Der Gurt würde zwar verhindern, dass sie durch die Scheibe flögen. Aber ihre Köpfe würden gegen den Rahmen knallen. Oder gegen die Armaturen. Das Genick wie beim Peitschenknall abknicken. Wozu hatte er Medizin studiert? Und Hilke! Das ist das Aus. Das Ende.

Aber – was war los? Hero verlangsamte. Hatte er sich endlich ausgetobt? War das alles nur ein übler Scherz gewesen? Allerdings passte der Ausdruck seines Gesichts nicht dazu!

„Verdammt!" Hero schaute auf die Armaturen. „Was ist los mit dem Scheiß-Wagen?" Er trampelte auf dem Gaspedal herum, völlig außer sich. „Was ist mit der Karre los?"

Kurze Pause. Philipp schaute auf ihn, nach draußen. Sie rollten auf der dritten Spur. Hinter ihnen aufgeregtes mehrstimmiges Hupen! Wie eine Slalomstange wurden sie rechts und links umkurvt! Oh, war das knapp! Er schaute wieder auf den schwitzenden, tobenden Fahrer.

„Nein!", heulte der vor Wut auf. Vier Buchstaben in vielfache Länge gezogen. Wie ein verzweifelt heulender Wolf bei Vollmond. Und in heiserem Stakkato der betonten Silben: „Ich Idiot! Ich wollte doch noch tanken!"

Durchatmen! Oh Gott, war das eine Erleichterung! Hoffentlich fiel ihm jetzt nicht noch eine andere Verrücktheit ein. Als Ersatz für die gescheiterte Absicht. Aber der Schock schien zu tief zu sitzen, der Ärger über die eigene Dummheit. Hero schaffte noch eben, den Wagen mit ausgekuppeltem Gang nach rechts zu verschieben. In sich zusammengesunken, wirkte er auf einmal klein und lächerlich hinter dem Lenker.

Ganz ruhig, ganz brav rollte der Mercedes auf der Standspur aus.

MORD AUF DER MÜHLENGALERIE

Schon in der Schule ließen Lehrer und Mitschüler ihn fühlen, dass sie ihn für außergewöhnlich hielten. Recht hatten sie, und ihm gefiel seine Sonderstellung. Nicht außergewöhnlich gut oder intelligent – nein, in seinen Augen war er einfach nur *anders* als alle anderen. Während seine Klassenkameraden über Mädchen, Fußball und Computer diskutierten, beschäftigte er sich mit Problemen, die schon fast das Philosophische berührten.

Welche Voraussetzungen müssen geboten sein, wenn von einem erfüllten Leben gesprochen werden soll? Er kam zu dem Ergebnis, die Grenzen müssten ausgelotet, alle Extreme ausgekostet sein. Und zwar in jeder Beziehung. In Freude und Leid, Liebe und Hass, Spannung und Lethargie, Angepasstheit und Widerstand, Gesetzestreue und Gesetzesübertretung. Also Verbrechen.

Friedeman Sturm, gerade mit dem Zeugnis der Reife in der Tasche, hatte schon den einen oder anderen Punkt seiner Liste abgehakt. Zum Beispiel Lethargie. Er hatte es einige Male geschafft, tagelang dahinzusiechen, kaum aus dem Bett herauszukommen, so gut wie gar nicht zu essen, nur von Bier zu leben. Zum Schluss war es ekelhaft. Müde, tranig, antriebsschwach wurde er. Deshalb beließ er es erst einmal bei dieser Erfahrung.

Nach den ersten Semestern an der Hochschule genoss er jetzt die Ferien. Endlich mal, ohne ein Praktikum absolvieren zu müssen, ohne die Vorbereitung auf eine der zahllosen Zwischenprüfungen. Ausspannen kann man am besten in einer Umgebung, die neue Impulse bietet. Beim Internetsurfen war er auf diese kleine Stadt an der Nordsee gestoßen. Es gefiel ihm gut hier.

In der Entspannung der arbeitsfreien Zeit meldeten sich die alten Gedanken zurück. Immer intensiver freundete er sich mit der Überlegung an, sich an einem weiteren Extrem zu versuchen: Warum nicht einen Menschen töten? Der Gedanke allein verursachte bei ihm Herzklopfen, das ihn aber noch nie von einem Vorsatz abbringen konnte, falls er sich zu ihm durchgerungen hatte. Mag sein, dass die Lektüre Dostojewskis vor Jahren im Gymnasium Spuren bei ihm hinterlassen hatte.

In unserer friedvollen Zeit, nach dem Ende des Kalten Krieges in unserer Region und dem Heben des Eisernen Vorhangs, ist es einem nicht mehr gegeben, zu töten oder im Krieg getötet zu werden, von ferneren Krisenherden abgesehen. Also hatte er selbst für eine Gelegenheit zu sorgen. Und das hielt er für unbestritten: Mord ist die höchste Herausforderung, der ein Mensch sich stellen kann. Die Grenzsituationen Abrahams, Hiobs und Kains hatten ihn schon immer fasziniert. Einen Sohn zeugen, ein Apfelbäumchen pflanzen und einen Menschen umbringen. Die Reihenfolge war nicht von Belang.

Eines Abends ließ es sich wegen der Fülle nicht verhindern, sich zum Speisen im Restaurant zu anderen an einen größeren Tisch zu setzen. Nachdem die meisten Gäste ihre Gerichte verzehrt hatten, blieb außer ihm nur noch eine junge Frau auf der gegenüberliegenden Tischseite, die, wie es sich gehörte, ihren Teller leerte und den Rest ihres Getränkes nicht stehen lassen wollte.

Sie kamen ins Gespräch. Ohne sich zu zieren, stellte sich seine Tischnachbarin mit ihrem Vornamen, mit Katharina, vor. Trotzdem wirkte sie keinesfalls aufdringlich, sondern selbstbewusst. Ein dunkler Typ, nicht unbedingt als norddeutsch einzuordnen. Ihren schlanken, gepflegten, aber dennoch kräftig wirkenden Händen traute man zu, dass sie anpacken konnten.

Jeder lernte ein wenig aus dem Alltag des anderen kennen. Sie habe beruflich in der Nähe zu tun gehabt, berichtete sie, einen Fortbildungslehrgang besucht und einige Tage Urlaub angehängt. Dabei stellte Friedeman fest, dass Mimik und Lachen des Mädchens etwas Anziehendes hatten. Sie verwandelten ihr Gesicht, das eigentlich weder schön noch ebenmäßig war. Aber die Reihe strahlend weißer, wohlgeformter Zähne beeindruckte ihn. Immer wenn er auf das schöne Gebiss eines Gesprächspartners schaute, wurde er daran erinnert, dass ihm in jungen Jahren eine Zahnspange verpasst worden war. Diese hatte er gehasst, weil sie ihm das Lachen verleidete. Und in die gewünschte Richtung wollte sich sein Gebiss dennoch nicht zwingen lassen.

Plötzlich fühlte er sich wie erleuchtet. Getroffen vom Blitz der Erkenntnis. Ja, diese Katharina war geeignet für einen neuen Ausflug ins Reich der Extreme. Fast übergangslos brachte ein Gedanke seinen Puls zum Rasen. Dieses Mädchen sollte es sein! Wie er sich danach wohl fühlte? Das musste er unbedingt erfahren! Dem Sinn des Lebens war er schließlich auf der Spur.

Als die Sonne des folgenden Morgens die Nacht vertrieben hatte, war die Entscheidung gefallen: Katharina sollte eine überaus wichtige Station seines Lebens markieren. Schade um sie, aber seine Absicht stand fest. Leider konnte er sie nicht damit trösten, dass ihr immerhin ein ehrenhaftes Ende bevorstand. Im Dienste empirischer Wissenschaften sozusagen. Allerdings musste er seinen Plan nicht sofort ausführen. Erst wollte er sie genauer kennen lernen.

Es ergab sich, dass Katharina am nächsten Nachmittag in der Eisdiele an der Ecke der Fußgängerzone saß und Friedeman sie durchs Fenster entdeckte. Er setzte sich zu ihr und trank einen Cappuccino. Anschließend bummelten sie zu Fuß zum Hotel zurück und hielten es für eine gute Idee, gemeinsam zu Abend zu essen.

Die folgende Nacht wurde für das Subjekt des Selbstversuches, so sah und bewertete er sich, eine Tortur. Der Countdown lief. Die Augenblicke des nächsten Tages würden der Ziffer „Zero“ zueilen, das Take-off stünde an. Inzwischen hatte er überlegt, in welcher Form der Plan zu verwirklichen sei. In einem Prospekt im Hotel war zu lesen, dass man den Kirchturm besteigen konnte. Von dort oben wollte er sie hinabstürzen. Eine geniale Idee! Wie beim alten Hitchcock.

Es passte zur Geschichte, dass im Eingangsbereich des Turmmuseums ein alter Leichenwagen, der früher von zwei Pferden gezogen werden musste, wie auf seinen Einsatz wartete. An den mächtigen Glocken vorbei ging es nach oben. Je mehr sie sich ihrem Ziel näherten, desto kürzer wurde sein Atem, desto schwerer seine Beine. War es die Anstrengung oder gab es einen anderen Grund, der ihm fast die Besinnung raubte?

In alle Himmelsrichtungen konnte man aus den Fenstern über die Stadt sehen, bis weit ins Land, sogar das Wattenmeer und eine Insel waren auszumachen. Wer den freien Blick zu genießen wünschte, konnte eine Luke öffnen. Aber – wie winzig die Luken waren! Da passte höchstens eine Taube ungehindert hindurch.

Beim Abstieg fragte Friedeman den Aufsichtführenden frustriert, warum denn die Klappen so klein wären. Der Mann lachte und meinte, nicht nur die Tauben könnten womöglich auf die Idee kommen, einen Flugversuch zu unternehmen. Wenn sie es etwas luftiger wünschten, könne er die Galerie der Peldemühle empfehlen. Die hätten sie ja von hier aus gut sehen können. Friedemann bedankte sich für den Tipp.

„Dann nichts wie hin zur Mühle“, lachte Katharina.

Eine heftige Erregung packte den jungen Mann. So musste sich der Jäger vor dem Fangschuss fühlen. Jagdfieber.

Sehr interessant fand Katharina die Ausstellung, die in der Mühle geboten wurden. Über die Gezeiten, über Marsch, Moor und Geest in Ostfriesland, über Funde in der Erde und im Watt. Sogar eine mumifizierte Leiche hatten die Heimatforscher bei Ebbe im Wattenmeer ausgegraben. Dafür hatte ihr Begleiter überhaupt keinen Blick übrig. Warum konnte es nicht weitergehen? Los doch! Er hatte zu tun, dass seine Ungeduld nicht zu auffällig wurde.

Eine Treppe höher klappte Friedeman den Riegel von einer der Außentüren hoch und öffnete. Katharina folgte ihm in die gleißende Flut der Sonne. Es dauerte, bis das Sehvermögen zurückkehrte. Aber – wie herrlich war das hier! Unsicher setzten sie Fuß vor Fuß auf den Planken der Galerie, durch deren breite Ritzen das harte Kopfsteinpflaster bedrohlich schimmerte, schauten mit angehaltenem Atem in alle Richtungen, vom kräftigen Luftzug hin- und hergezerrt. Zunächst vorsichtig, dann immer sicherer umrundeten sie den achtkantigen Mühlenrumpf, bestaunten die riesigen Flügel aus dieser neuen Perspektive. Katharina sprühte plötzlich vor Freude! Nicht so Friedemann, der sich stocksteif vorwärts ziehen ließ. Dann lief Katharina unbefangen an das Geländer der Galerie und beugte sich darüber, um nach unten zu schauen.

Blitzschnell sah Friedeman sich um. Keine Menschenseele. Das war die Gelegenheit! Er machte einen Schritt in ihre Richtung, bückte sich leicht und packte die Oberschenkel, um Katharina über das Geländer zu heben. Im selben Moment aber drehte sie sich ihm zu, so dass seine rechte Hand nicht mehr das ihr zugedachte Ziel fand. Im Gegenteil. Statt einen todbringenden Griff anzuwenden, rutschte die Hand an eine Körperstelle, an der die Wirkung völlig verkehrt wurde. Der gelinde Schreck entzog den Armen die Kraft und unterbrach die Ausführung. Unbewusst zog Friedeman den Kopf ein. Eine derartige Situation konnte auch in eine Ohrfeige münden. Oder hatte Katharina seine Absicht vielleicht sogar durchschaut?

Seine Befürchtungen waren grundlos. Die Berührung verwandelte sich von der Bedrohung für Leib und Leben in die Liebkosung einer höchst empfindlichen Region, die dem Mädchen ein überraschtes „Oh“ entlockte. Als sie sich jetzt dem Täter zuwandte, war ihr Gesichtsausdruck nicht etwa wütend, sondern zu Friedmanns Verwunderung geradezu glücklich. Sie schlang die Arme um seinen Hals und küsste ihn voller Inbrunst auf den Mund, als habe sie schon seit ihrer ersten Begegnung auf diesen Moment gewartet.

Zuerst wusste Friedeman nicht, was er mit der Wendung des Ereignisses anfangen sollte. Er war offensichtlich zu dämlich, einen unkomplizierten Mord auszuführen. Eine ziemliche Enttäuschung! Da hatte er wirklich mehr von sich erwartet!

Aber was sollte es? So ganz schlecht gefiel ihm die neue Situation denn doch gar nicht. Auf einmal konnte er den glücklichen Augen vor ihm sogar etwas Gutes abgewinnen. Warum auch nicht? Dann musste er die andere extreme Lebenserfahrung eben vorziehen: Liebe und Leidenschaft.

Eselsbrücken

„Und jetzt verschwinden Sie!" Seine Stimme überschlug sich! „Machen Sie, dass Sie wegkommen!"

Das Jagdgewehr in seinen Händen zitterte. Obwohl Reemt Klaassen am liebsten noch einmal abgedrückt hätte, am liebsten auch diesem Idioten eine Kugel verpasst hätte, schaffte er es doch, sich zusammenzureißen.

Soeben hatte er den Rottweiler dieses Fremden niedergestreckt. Die Schnauze des Hundes war voll Blut, nicht von der Kugel. Es war das Blut durchgebissener Kehlen und zerfleischter Leiber. Mehrere Schafe lagen auf dem Deich verteilt. Rote Farbe hob sich leuchtend von dem hellen Fell ab, leuchtend von dem grauen Himmel des diesigen Herbsttages. Einige dieser zu Tode verängstigten Tiere hingen verletzt am Zaun. Tiere, die niemandem etwas zuleide taten, außer den Gräsern, die sie platt traten und mit ihrem Kot verklebten oder abrupften, um sie hinunterzuwürgen und später wiederzukäuen.

Der Zaun war der holprigen Flucht zum Hindernis geworden, das ihre Todesangst einsperrte. Todesangst vor diesem wildernden, reißenden Untier. Viele von ihnen würden von ihrem Leiden erlöst werden müssen. Sie waren die Basaltsteine hinuntergestürzt, den Schlick der Ebbe als rettende Zuflucht suchend. Sie waren in die scharfkantigen Spalten getreten, waren stecken geblieben, mit gebrochenen und zerschundenen Läufen. Der Schmerz schrie aus ihnen heraus.

Wie von Sinnen rannte der Fremde zu seinem erschossenen Rottweiler. Wild brüllend, dass der Schütze ein Mörder sei, dass er es ihm heimzahlen werde, auf Heller und Pfennig! Auge um Auge! Weinend kniete er vor dem Hundekadaver, als sei das ein geliebter Mensch, nahm ihn in die Arme, ohne auf das Blut zu achten, das des Hundes oder der gerissenen Schafe, das eine seiner Wangen rötete, als sei er selbst schwer verwundet. Unvermittelt ließ er ihn fallen und stürmte mit drohend erhobenen Fäusten auf Reemt Klaassen zu. Genau in diesem Moment war es erstmals zu vernehmen, das Martinshorn, das sich schnell näherte. Gleich wurde auch das Blaulicht des Streifenwagens sichtbar, der in die Deichzufahrt einbog.

Jetzt ging alles sehr schnell. Als der verzweifelte Hundefreund aufschaute, hatte sich vor ihm, aufrecht wie ein Denkmal, einer der beiden Uniformierten aus dem Polizeifahrzeug postiert. Auf dem Weg zur Aufnahme der Personalien passierten sie das Hinweisschild, auf dem mit schwarzen Buchstaben auf weißem Untergrund gut lesbar darauf hingewiesen wurde, mit Hunden dürfe der Deich nicht betreten werden.

Bei der Befragung beschwerte sich der Mann, er habe nicht ein einziges Schaf gesehen, als er sein Auto am Fuße des Deiches abgestellt und den Hund herausgelassen habe. Hasso sei freudig auf das Pflaster herabgesprungen, wie gewöhnlich, doch dann in Windeseile über den Zaun gesetzt und auf die der See zugewandten Seite gehetzt. Seine Nase hatte offenbar Wind von dem bekommen, was den Augen seines Herrn verborgen geblieben war. Alles Rufen sei vergeblich gewesen. Sonst habe der Hund aufs Wort gehorcht, immer!

Im Übrigen würde er sich nicht alles gefallen lassen. Darauf könnten sie Gift nehmen, die Polizisten und der Hundemörder! Die Warnung auf der Hinweistafel sei nicht ausreichend. „Reden Sie, was Sie wollen!“, kommentierte einer der Polizisten. „Erst einmal kriegen Sie von uns eine saftige Anzeige. Dass Sie sich nicht schämen! Gucken Sie sich doch mal um! Was Ihr Hund hier angerichtet hat, haben Sie zu verantworten. Sie ganz allein!“

Eines sei sicher, so sicher wie seine Rache: Seinen Urlaub in dieser ungastlichen Gegend würde er sofort beenden. Ihn würde man hier niemals wiedersehen!

Kaum jemand verschwendete an diesen Mann noch einen Gedanken, nachdem der Notschlachter und die Kräfte der Deich- und Sielacht ihre beklemmende Arbeit erledigt hatten. Anders wirkten die Erinnerungen an die geschundenen Kreaturen nach. Sie geriet nicht so schnell in Vergessenheit. Jedenfalls verfolgten die Bilder Reemt Klaassen noch einige Zeit. Aber er sorgte dafür, dass weitere Hinweisschilder aufgestellt wurden, Mahnungen an die Hundehalter. Auch mit Erläuterungen, warum die Verbote unbedingt eingehalten werden müssten.

Reemt war mittlerweile zweiundsechzig geworden. Es wurde Zeit, Tochter und Schwiegersohn den Hof zu überschreiben und sich zur Ruhe zu setzen. Wenn Not am Mann war, wollte er natürlich aushelfen, so, wenn die Kinder mit den Enkeln in Urlaub fuhren.

Die Kleinen hatten zur Freude der ganzen Familie den Sprung ins Gymnasium geschafft und machten sich dort bestens. Hilke war ein Bücherwurm. Stundenlang konnte sie mit hoch gezogenen Knien auf dem Sofa sitzen und sich durch die dicksten Bände fressen.

Derweil bearbeitete Stefan ein getrocknetes Herbstblatt mit einer Bürste, bis die feinen Äderchen übrig blieben. Beiläufig fragte er: „Opa, weißt du, was eine Eselsbrücke ist? Wir haben heute eine gelernt: ‚Mein' und ‚Dein' haben den Po vorn und vier S dahinter."

Der Angesprochene zog ein ziemlich ratloses Gesicht. Stefan klärte ihn auf: „So behalte ich: ‚Mein' und ‚Dein' sind Po-ssessivpronomen."

„Ach richtig! Wir haben früher gelernt: Iller, Lech, Isar, Inn fließen nach der Donau hin. Das ist auch eine Brücke für mich alten Esel!"

„Aber du bist doch nicht alt, Opa", lachte der Junge.

„Du Lümmel!", scherzte der zurück. Aus den beiden würde etwas Ordentliches werden, da waren sich die Großeltern ganz sicher.

„Wollt ihr nicht mal ohne die Kinder Urlaub machen?", bot Reemts Frau Anne dem Schwiegersohn und der Tochter an. „Hilke und Stefan nehmen wir unter unsere Fittiche."

Lisa und Jan sahen sich erstaunt an. „Ja, warum nicht? Gute Idee!"

Nachdem Weizen und Roggen bei der Genossenschaft abgeliefert waren, bevor es Zeit wurde, den Mais in tagelanger Arbeit Wagen auf Wagen aufwärts zu karren und das Silo mit dem Trecker zu verdichten, war es so weit. Die Kinder winkten lachend ihren abreisenden Eltern nach und zogen für eine Woche ins Altenteil zu Oma und Opa.

*

Vorsichtig drückte er die Klinke hinunter und schob die Tür einen Spalt auf.

„Hallo Opa!" Hilke hatte ihm das Gesicht zugewandt. Leise und verzagt kam es aus ihrem Mund.

„Hoffentlich habe ich dich nicht geweckt!"
„Nein, Opa, ich habe nicht geschlafen. Ich bin traurig, Opa!"
„Ja, meine Kleine, ich weiß: Du hättest gern die Mathearbeit mitgeschrieben. Aber mit Fieber konnten wir dich nicht zur Schule gehen lassen."
„Aber ich hatte doch so tüchtig geübt!"
„Sag mir lieber, Hilke: Wann kommt euer Bus hier an? Stefan ist immer noch nicht zu Hause. Der müsste doch schon längst da sein!"

Nach einer weiteren halben Stunde drängte die Altbäuerin ihren Mann, etwas zu unternehmen.

Anruf bei der Schule. Niemand meldete sich. Beim Klassenlehrer. Der knurrte, es sei Mittagszeit, wurde aber sofort hellhörig, als er den Grund für den Anruf vernahm. Er versprach nach der Telefonliste alle Kinder der Klasse zu befragen. Eine Stunde später meldete er dem besorgten Großvater, der Junge sei abgeholt worden. Von ihren Feriengästen, hätten einige Kinder gemeint. Jedenfalls habe das Auto ein fremdes Kennzeichen getragen.

Jetzt gab es nur eins: Die Polizei musste eingeschaltet werden. Aber auch die schien hilflos. Sie warnten vor übereilten Aktionen, diese Witzbolde. Er hatte die Verantwortung für seinen Enkel!

Am Abend informierten sie Tochter und Schwiegersohn, die sich sofort bei ihren Wirtsleuten abmeldeten, ihre Sachen zusammenpackten und losfuhren.

Nach gut fünf Stunden und mehreren Handykontakten zwischendurch bogen sie weit nach Mitternacht in die Hofeinfahrt. Was blieb ihnen in ihrer Verzweiflung zu tun? Zunächst nichts. Nur warten. Hoffen.

An Schlaf war jedenfalls nicht zu denken. Es gelang keinem im Haus, zur Ruhe zu kommen, trotz eines Beruhigungsmittels aus dem Apothekenschrank. Noch tiefer grub sich am nächsten Tag die Verzweiflung ein. Aber noch schienen Hoffnung und Vertrauen auf ein gutes Ende nicht abwegig. Ach, da radelte die junge Postbotin heran, munter wie immer. „Gibt's was Neues? Habt ihr was gehört?"

Stummes Kopfschütteln. Das Drama hatte sich schnell herumgesprochen.

Wen interessierten in diesem Augenblick Zeitung und Werbebroschüren? Oberflächlich durchgucken. Mit den Gedanken ganz woanders. Die Hand schon unterwegs, die Sendungen irgendwo abzulegen. Halt! Eigenartig! Ein leuchtend roter Briefumschlag. An Reemt Klaassen adressiert. Auf der Rückseite der Kopf eines Hundes. Eines Rottweilers. Darunter „In Memoriam Hasso“. Er riss das Couvert auf, Schreckliches ahnend, aber auch mit einer Spur Zuversicht, endlich etwas von Stefan zu erfahren.

Auf dem Zettel stand nicht viel zu lesen, nur, aber das ganz dick und rot, „Rache für Hasso“. Ach, *diese* alte Geschichte! Reemt hatte mit einem Schlage das Bild der zerfetzten toten Schafe auf dem Deich vor Augen, die blutige hassverzerrte Fratze des Mannes. Und die Drohungen. „Auf Heller und Pfennig! Auge um Auge!“ Aber hatten die Polizisten seinerzeit nicht die Personalien des Hundehalters aufgenommen?

Sehr schnell stand der Streifenwagen wieder vor der Scheune. Der Brief wurde übergeben, damit er kriminaltechnisch ausgewertet werden konnte. „Übrigens haben Ihre Kollegen damals wahrscheinlich die Daten des Mannes notiert, dessen Hund die Schafe gerissen hatte.“

„Klasse!“, war der kurze Kommentar des Polizisten. „Dann haben wir ihn!“

Die Hoffnung war voreilig. Computer machen zuweilen mit den Menschen, was sie wollen. Sie verstecken Daten so gut, dass niemand sie wiederfindet. Vielleicht waren die Angaben, die jetzt zur Rettung dieses Kindes dringend benötigt wurden, auch versehentlich gelöscht worden.

Mit jedem Tage schlug die Verzweiflung mehr und mehr in Trauer um. Wenn sie von Stefan sprachen, über die Ungewissheit weinten, erschraken sie. Es klang fast, als redeten sie über ein totes Kind. Eine Woche zwischen Hoffnung und Angst, zwischen Beten und Weinen war vorbei. Abgestumpft verrichtete jeder, was zu tun war, so unwichtig es auch erschien. Reemt machte sich Arbeit vor der Scheune, verschwendete einen kurzen Gedanken daran, dass sie die Maisernte bei allem nicht vergessen durften. Aber wie jetzt sich aufraffen? Wie die Arbeit planen, mit gelähmtem Verstand für gelähmte Hände?

Plötzlich ein Laut. Wie fernes Rufen. Eine Kinderstimme? Verlor er nun schon seinen Verstand? Sah er in der Wüste eine Fata Morgana? Verwischten sich die immer gegenwärtigen Wunschträume mit der Wirklichkeit?

Aber da war es wieder! Diesmal lauter: „Opa! Opa!“ Er schaute hoch. Stefan! Er war es! Im hohen Bogen warf der Mann den Besen von sich und rannte los.

*

Sie saßen in der Küche. Ein Mann von der Kripo notierte. „Erzähl mal, Stefan. Wie war das?“

Zuerst verließen die Erinnerungen nur langsam, bedächtig, manchmal stockend ihr Versteck, dann immer leichter und flüssiger. Er erzählte, dass der Bus ihm vor der Nase weggefahren sei. Ein Autofahrer habe ihn nach dem Weg gefragt. „Zum Hof von Eggers wollten die, ganz nahe bei uns zu Hause“. Er habe mitfahren dürfen. Aber irgendwie sei er dann weggewesen. Er habe wohl das Bewusstsein verloren. Weiter berichtete er, dass er in einem Wohnzimmer auf den Fußboden gespuckt, sich übergeben habe. Dass der Mann und die Frau erst geschimpft hätten, er im Keller eingesperrt worden wäre. Dass er Angst gehabt hätte. Ganz große Angst! Dass er jeden Tag mit dem Hund spielen musste, mit Hasso. Der war lieb. Nur als er mal versucht habe wegzulaufen, hätte er ihn angeknurrt. „Opa, ich wünsche mir zum Geburtstag auch einen Hund!“

Ja, doch, zu essen habe er immer genug bekommen. Er habe sich gewundert, dass erst die Frau, dann der Mann immer freundlicher zu ihm geworden wären. Am letzten Abend, nachdem ihm gesagt worden sei, dass er am nächsten Tag wieder nach Hause käme, hätten sie sogar Karten gespielt.

„Und heute?“, fragte der Beamte von der Kriminalpolizei. „Was geschah heute?“

„Heute Morgen banden sie mir einen Schal um und führten mich zum Auto. Ich sollte ihn nicht herunterreißen, sonst müssten sie mich wieder betäuben. Das wollte ich aber nicht. Ein paar Stunden hat die Fahrt gedauert. Drei vielleicht. Ein bisschen habe ich geschlafen. Sie haben mich an der Bushaltestelle abgesetzt. Ich habe meine Busfahrkarte vorgezeigt und bin nach Hause gefahren.“

Stefan machte einen müden Eindruck. Kein Wunder. Aber er schien wohlauf.

„Ach ja! Der Mann sagte noch, wer so gemein wäre, Hunde zu erschießen, müsste lebenslänglich eingesperrt werden! ‚Dein Opa ist ein Verbrecher. Er hat meinen Hund ermordet. Aber du bist ein guter Junge.' Das hätte Hasso ihm verraten. Deshalb könnte er mir auch nichts tun. Quatsch! Mein Opa ist kein Verbrecher. Der hat keinen Hund ermordet, habe ich gesagt. Das stimmt doch, Opa!"

Verärgert schüttelte Reemt Klaassen während der letzten Worte den Kopf. Was sollte er dazu so schnell sagen?

„Das Beste kommt aber jetzt!", kündigte Stefan an, auf einmal hellwach. „Der Mann fluchte mal, dass sein elektrisches Garagentor wieder nicht ganz zugegangen war. Als ich am Nachmittag mit Hasso draußen spielte, habe ich unauffällig hingeguckt: MS, also Münster, H wie Hilke, R wie Reemt und 162. So alt wirst du in zehn Jahren, Opa."

Alles merkte auf.

„Das war doch das Kennzeichen!", erklärte Stefan den scheinbar Begriffsstutzigen. Das plötzlich einsetzende Lachen verwirrte den jungen Detektiv.

„Ach, mein Kleiner, du hast dich nur versprochen. Lass sie lachen!", seufzte Reemt Klaassen gerührt, stand vom Stuhl auf und beugte sich zu seinem Enkel hinunter, um das Gesicht zwischen beide Hände zu nehmen. „Du hast das ganz großartig gemacht! Und deine Eselsbrücken finde ich phantastisch."

Ekel Wilfried

Margot stand vor ihm. Er saß auf einem Schemel direkt vor der Sprossenwand, die er vor vielen Jahren selbst zum Zwecke der Körperertüchtigung an die Wand des Hobbykellers geschraubt hatte. Außerdem war noch eine Tischtennisanlage aufgebaut, schon einige Jahre ungenutzt.

Genau genommen, seit Irmchen aus dem Haus war, nach Köln zur Sporthochschule. Ihr hatte der Vater in jungen Jahren beigebracht, zu schupfen und den Topspin zu ziehen. Mit großem Erfolg. Immerhin brachte sie es bis zur Bezirksmeisterschaft der Schülerinnen A.

Staunend hatte Margot verfolgt, leise auf der Treppe zum Keller verharrend, mit welchem Geschick Wilfried seine Tochter in die Geheimnisse seines Lieblingssports einwies. Vater und Tochter wie aus dem Bilderbuch.

Der Kopf hing auf der Brust. Die Laute, die Wilfrieds sabberndem Mund entwichen, waren unverständlich.

„Komm, trink noch einen Schluck, mein Lieber. Weißt du eigentlich, wie lieb ich dich mal hatte? Aber das ist lange her!“ Sie drückte mit einer Hand seinen Kopf nach hinten gegen die Sprossen, mit der anderen flößte sie ihm den Whisky ein. Glucksend, mit viel Luft vermischt, fand das köstliche Nass seinen Weg.

Er selbst konnte die Flasche nicht halten, weil seine Hände nicht frei waren. Vorsichtshalber hatte Margot sie seitlich schräg an die Sprossenwand gebunden. Es war ihr zu gefährlich, wenn er wieder nüchtern werden würde. Nüchtern war er nicht zu genießen.

So langsam musste Margot sich entscheiden, was mit Wilfried werden sollte. Drei Nächte hatte er schon im Keller zugebracht, in dieser Position oder liegend. Zum Glück war ihm die unangenehme Situation kaum bewusst, weil ständig eine kräftige Dosis Alkohol in seinen Adern kreiste. Nur fing er an zu stinken.

Der Kies, den sie eimerweise herangeschafft und unter ihm ausgebreitet hatte, konnte inzwischen das Übel nicht mehr verdecken. Wilfried, mittlerweile eine bittere Karikatur dieses Mannes, war seit drei Tagen nicht mehr auf der Toilette gewesen.

Das konnte sie nicht wagen. Dazu hätte sie ihm die Bänder von den Handgelenken und Füßen lösen müssen. Möglicherweise wäre er rabiat geworden. Wenn sie ihn unter eine höhere Alkoholbetäubung gesetzt hätte, wäre er zum Austreten nicht mehr in der Lage gewesen. In volltrunkenem Zustand hatte sie ihn in den Keller gebracht, Stufe für Stufe vorsichtig weiter herabgezogen.

Schon früh wuchs sich der Alkohol zu einem Problem aus. Er war mit Leib und Seele aktiv beim Tischtennis. Zwar sahen die Gegner ihn beim Einspielen mitleidig an, weil die meisten ihn um mehr als Haupteslänge überragten. Im Spiel aber schlug er ihnen die Bälle gekonnt um die Ohren.

Hinterher, in der Kneipe, gingen seine Freunde meist viel früher als er. Er brauchte immer mehr „Bier und Kurze". Bald war die Freundschaft aus. Doch da waren noch ein paar Kollegen, mit denen er nach Feierabend einen trinken konnte. Zu Hause weitermachen, morgens nicht aus dem Bett kommen, die Arbeit schmeißen – die ganze Liste der Alkoholabhängigkeit war an ihm zu studieren.

Dann zum Glück der Platz für eine Therapie. Er schaffte den Absprung. Nur eine andere Entwicklung brach sich Bahn. Nüchtern wurde er unausstehlich. Früher hatten sie immer sich den Bauch gehalten vor Lachen, wenn sie sich gemeinsam das Ekel Alfred in der Sendung „Ein Herz und eine Seele" angeschaut hatten.

Jetzt wurde er dieser Darstellung immer ähnlicher. Er zitierte genüsslich daraus, beschimpfte Margot als dusselige Kuh, meckerte an Tochter und Schwiegersohn herum. Margot verzweifelte. Geschlagen hatte er sie nie, die Gewalt wählte den Weg über seine Lippen. Das ging so weit, dass Irmchen das Elternhaus bald mied.

Früher, besonders wenn er betrunken war, konnte er furchtbar lieb zu Margot sein. Na ja, unter der Bettdecke *rien ne va plus*, was Wunder. Aber er brachte Blumen mit, nannte sie sein Engelchen. Wenn sich auch die Frage anschloss, ob sie noch irgendwo ein Schlückchen für ihn hätte.

So schrecklich es klingt: Margot konnte den therapierten Wilfried nicht mehr ertragen und wünschte sich den Trinker zurück. Autofahren in seiner Gegenwart traute sie sich überhaupt nicht mehr. Seine ironischen, gemeinen Kommentare ließen ihre Unsicherheit immer mehr wachsen.

Bei den *Anonymen Alkoholikern* wollten sie ihn auch nicht mehr haben. Er verspottete seine Leidensgenossen nach Strich und Faden. „So wie du aussiehst, Lady, solltest du wieder trinken. Dann ist der Kummer vor dem Spiegel nicht mehr so groß." Das Ergebnis war, dass sie ihn hinauswarfen. „Ich brauche eure Hilfe sowieso nicht, ihr heulenden Waschweiber. So schafft ihr es doch nie!"

Gegen sich selbst legte er eine große Härte und Konsequenz an den Tag. Keinen Tropfen rührte er mehr an. In der Klinik hatten sie ihn gewarnt: Eine minimale Menge könne genügen, dass er wieder völlig dem Alkohol verfallen würde. Leider war die Folge ein Verfall seiner guten Charaktereigenschaften.

Für Margot gab es nur eine Lösung. Sie musste sich den Wilfried wieder schaffen, mit dem auszukommen war. Einige Obstsalate, mit einem kleinen Schuss Obstwässerle angereichert, taten ihre Wirkung. Die schmeckten ihm ganz hervorragend.

Als nächste Maßnahme deponierte sie verschiedene Schnapsflaschen im Wohnzimmerschrank. Nicht so, dass sie ins Auge fielen, aber auch nicht unauffindbar. Natürlich brachte seine Nase ihn auf die gewünschte Spur und zeigte Margot damit, dass die Köder richtig gelegt waren.

Nachdem er sich einige Male in der Wohnung übergeben hatte, wartet sie einen erneuten Vollrausch ab und verfrachtete ihn in den Keller. Das war nicht einfach. Zum Glück ähnelte er in seiner Statur so ziemlich seinem Fernsehvorbild: Nicht groß, aber hässlich, in jeder Beziehung.

Doch dieser Gestank jetzt hier unten! Ekelhaft! Sie musste sich von ihm trennen, es half nichts. Aber auch dafür hatte sie sich einen Plan zurechtgelegt. Zeit zum Nachdenken war ausreichend vorhanden.

Sie wartete die Dunkelheit ab. Die nächste Maßnahme war, ihn wieder so richtig abzufüllen. Damit er transportfähig wurde, sich nicht wehrte. Wie in früheren Zeiten, als sie sich noch lieb hatten, legte sie seinen Arm um ihre Schulter und ergriff mit ihrer Linken seine linke Hand.

Früher war das für ihn das Signal, sie mit der anderen Hand an allen erreichbaren Stellen zu streicheln, Gesicht, Hals, die

Bluse aufzuknöpfen und so weiter. Ganz kurz, ganz schwach erinnerte er sich wohl daran und machte eine entsprechende Bewegung.

Nix da! Sie lachte bitter auf. Nun galten andere Gesetze. Völlig andere. Seine Rechte zog sie, indem sie etwas in die Knie ging, mit der Hand über ihre rechte Schulter. Dann die Treppe hinauf, durch den Flur in die Garage. Hin und wieder musste sie ihn vorsichtig ablegen, um neue Kräfte zu sammeln. Die Beifahrertür auf, und hinein mit ihm. Er quatschte währenddessen sinnlos herum, meist unverständlich, weil die Zunge die Mitarbeit fast einstellte. Es klang eigentlich alles gleich.

Hinterm Steuer nahm sie ihren Platz ein, ließ das Garagentor durch den Druck auf den Knopf der Fernbedienung hochfahren, und dann ab in die Dunkelheit. Ein besonders kurvenreiches Stück der Landstraße war ihr Ziel, eine noch nicht voll ausgebaute Teilstrecke. Dort hielt sie auf einem verwinkelten Parkplatz in der Nähe des Waldes.

Wilfried hatte inzwischen aufgehört zu brabbeln und schnarchte. Ein Blick auf die Uhr verriet Margot, dass Mitternacht nahe war. Auf der Straße fast kein Verkehr mehr. Darauf hatte sie gebaut. Sie wollte verhindern, dass ihr Mann zu früh entdeckt würde. Mit großer Kraftanstrengung zog sie ihn vom Beifahrersitz hinter den Lenker. Sein Kopf pendelte dabei hin und her. Anschnallen? Nein – wozu? Gerade nicht!

Wie die Geschichte sich nun fortsetzen würde, musste sie dem Schicksal überlassen. Sie tippte darauf, dass er nach dem Aufwachen, ohne nachzudenken, den Motor starten und losfahren würde.

„Wenn ich so viel gehabt habe, dass ich nicht mehr laufen kann – Auto fahre ich noch wie 'ne Eins!", war sein Lieblingsspruch von früher. Der steckte bestimmt noch in seinem Unterbewusstsein. Bis dahin wäre der Anteil des Alkohols im Blut nur unwesentlich abgebaut.

Bald hatte Margot es nun überstanden. Sie öffnete den Kofferraum und hievte vorsichtig das Fahrrad heraus. Einige Kilometer durch die Nachtluft würden ihr gut tun. Fahrradfahren und Nachdenken gehörten für sie ohnehin zusammen. Dabei waren ihr immer die besten Lösungen ihrer Probleme eingefallen.

Zweite denkbare Variante: Er wachte irgendwann auf und torkelte auf die Fahrbahn, wo er von einem Auto erfasst würde. Nummer drei: Er strumpelte querfeldein, blieb irgendwo im Schnee liegen und gab seinen Geist nach der Unterkühlung auf.

Das Erste, was sie nach der gründlichen Reinigung des Kellers vorhatte, war klar: Unter die Dusche steigen, die Haare waschen, ein bisschen Parfüm versprühen, ein wenig Lippenstift auftragen, sich schick anziehen. Sie hatte den Eindruck, genau so wie er zu stinken. Das blieb nicht aus nach den drei Tagen.

Bloß – was sollte sie Irmchen sagen, wenn sie anrufen würde? Ach klar: Trunkenheitsfahrt, schwerer Unfall, du kannst dir ja denken, was hier los war. Irmchens Trauer würde sich in Grenzen halten.

Lange Zeit kein Verkehr mitten in der Nacht. Doch dann wurde sie urplötzlich in helles Licht getaucht, das sich im Höllentempo von hinten näherte, begleitet vom anschwellenden Lärm eines auf Höchsttouren drehenden Motors. Sie schaute zurück. Blend ab, du Affe! Der ist wohl nicht ganz dicht! Idiot! Oh Gott! Was soll das! – Nein! – Nicht!

Den Aufprall spürte Margot schon nicht mehr.

Haben Sie einen Wunsch?

„Ach, da bist du ja, Sabine! Komm, ich mache uns 'ne Tasse Tee!“

Sabine nickte und trat schweigend durch die Haustür in den Flur. Ohne Umwege steuerte sie ihr Zimmer an, lud die Reisetasche ab und hängte ihre Jacke über den Haken an der Innenseite der Tür.

Dieses Zimmer war Sabines Domizil, das ihre Schwester mit Rolfs Zustimmung für sie hergerichtet hatte, sogar mit einem eigenen Bad. Nur sehr schwer hatte Sabine den tödlichen Unfall ihrer Eltern vor einem knappen Jahr verkraftet. Auf der Rückfahrt aus dem Urlaub im Schwarzwald war es passiert. Auf der Autobahn bei Osnabrück.

Im Gymnasium geriet sie plötzlich völlig aus dem Tritt. Allerdings brachten längst nicht alle Lehrer Verständnis für ihre psychische Verfassung auf. In Mathematik und Physik verlor sie den Anschluss, und dieser Fiesling von Lehrer, der offenbar die Zusammenhänge nicht zur Kenntnis nehmen wollte, machte sich einen Spaß daraus, sie mit seinen selbstgefälligen Witzen zu demütigen. Ohne zu kapieren, dass er Sabine damit zu ihrem Kummer auch noch vor der Klasse bloßstellte.

Kurz vor Ende des Schuljahres eröffnete sie ihrer Schwester Carla, die Schule würde sie ab sofort nicht wiedersehen. Kurz vor Ende der Klasse elf. Es war nicht mit ihr zu reden, sie war nicht von ihrem Entschluss abzubringen.

Also teilte Carla der Schulleitung diese Tatsache mit. Und nun? Herumfragen, telefonieren – alles ohne Erfolg. Endlich wurde Sabine im Internet fündig. Zwei Ausbildungsangebote: für den Beruf der Fleischereifachverkäuferin oder Hotelfachfrau. Die Entscheidung war klar. Am übernächsten Ersten fing sie im „Hotel Franken“ auf der Insel an.

Sabine schien einen guten Griff getan zu haben. In der ersten Zeit rief sie an jedem Abend voller Freude an und machte den Eindruck, als würde die Arbeit ihr ordentlich Auftrieb geben. Carla und Rolf waren erleichtert. Sie nahmen die Verantwortung für ihre Schwester sehr ernst und stellten fest, dass es auch für ihr eigenes Wohlbefinden eine Menge ausmachte, wenn sie wussten, dass es Sabine gut ging.

Jetzt waren inzwischen etwa fünf Monate verstrichen. Sabine kam alle zwei Wochen nach Hause. Irgendwann fiel Carla auf, dass die Schwester offensichtlich stark abgenommen hatte und blass aussah. Ein Lachen, das man bei Sabine seit dem Tod der Eltern ohnehin nur selten registrieren konnte, war gänzlich aus ihrem Gesicht verbannt. In den folgenden Wochen, so fand Carla, setzte sich diese Sorgen bereitende Entwicklung fort.

„Sabine, kommst du? Der Tee ist fertig!"

Wortlos setzte Sabine sich zu Carla an den Tisch. Sie schaute hinab auf die Tasse und rührte mit dem Löffel den Tee. Carla sah ihr ins Gesicht. Nach einem Moment des Schweigens räusperte sich die ältere Schwester und fragte vorsichtig: „Na, Schwesterchen, wie läuft's? Alles in Ordnung bei euch im Hotel?"

Die Angesprochene blickte nur flüchtig hoch. Dann nickte sie. Meine Güte, diese dunklen Ränder unter den Augen! Die Kleine sah gar nicht gut aus!

„Sagst du mir eigentlich, wenn irgendetwas schief läuft? Zum Beispiel, wenn du Kummer hast?"

Keine Reaktion. Doch unerwartet rannen die Tränen. Sabine sprang auf und floh aufschluchzend aus dem Zimmer.

Völlig hilflos, ohne eine Idee, was sie jetzt tun konnte, trank Carla ihren Tee aus und schenkte neu ein. Sie entschloss sich abzuwarten.

Nach einigen Minuten kehrte Sabine zurück und setzte sich wieder an den Tisch. Carla sah ihre Schwester mitfühlend an. „Hast du Ärger mit deinem Chef?"

Kopfschütteln.

„Mit wem?"

Plötzlich, als gäbe sie sich einen Ruck, richtete Sabine sich auf und blickte Carla in die Augen. Mit fester Stimme brachte sie es heraus: „Mit Konny! Er hat mir Schläge angedroht! Konny ist unser Oberkellner."

Es dauerte seine Zeit, aber nach und nach lockte Carla alles heraus, was schuld an Sabines Verzweiflung war. Das Ergebnis war schlimm. Viel niederschmetternder, als man befürchten musste. Der Oberkellner hatte mit der Hand ausgeholt, doch noch nicht zugeschlagen. Sabine hatte das Geschirr aus der

Spülmaschine erst abgetrocknet, bevor sie es in die Regale stellte. So, wie die Chefin es angeordnet hatte. Das würde zu lange dauern, wetterte der Oberkellner, den das eigentlich überhaupt nichts anging. Das käme gleich in den Schrank! Wessen Anweisungen sollte sie nun befolgen? Sabine hatte Angst. Vor einem, dem sie nicht aus dem Weg gehen konnte.

Das böse Spiel wiederholte sich am Abend, wenn die Frühstückstische gedeckt werden mussten. Messer und Gabeln würden nicht gerade liegen! Und dann wieder diese ausholende Hand!

Unter Androhung von Schlägen wurde sie später gezwungen, ihm Kaffee auf das Zimmer zu bringen. Oben verschloss er hinter ihr die Tür, warf sie auf das Bett und tat ihr Gewalt an. Damit sie nicht schreien konnte, hielt er ihr mit seiner großen Hand den Mund so fest zu, dass sie fast keine Luft mehr bekam.

Verheerend waren die Folgen: Bis vier Wochen danach blieb ihre Regel aus. Die Angst, schwanger zu sein, raubte ihr die Ruhe und den Schlaf.

Carla hielt vor Schreck die Luft an. Diese Zuspitzung der Geschichte kam für sie überraschend und trieb ihr die Tränen in die Augen. Arme Sabine! Arme kleine Schwester! Und Wut stieg in ihr auf, Wut auf den niederträchtigen Kerl, der das angerichtet hatte. Carla entschied, sie morgen, am Sonntag, im Hotel krank zu melden. Am Montag sollte sie zum Frauenarzt gehen. „Dann sehen wir weiter."

Die Kleine war wirklich nicht gesund, seelisch und körperlich, das würde der Arzt gewiss bestätigen. Das Arbeiten in diesem Zustand unzumutbar.

Trotz der schwierigen Lage schien Sabine erleichtert, dass es endlich heraus war. In weiteren Gesprächen des Wochenendes gestand sie, dass es nicht bei nur einer Vergewaltigung geblieben war. Ja, Vergewaltigungen waren das, was sich dieser saubere Herr da leistete! Verbrechen! In Carla kroch die Wut hoch!

Auch von ihren Kolleginnen wusste Sabine, dass der Kerl kaum ein Mädchen ungeschoren ließ. Der Chef? Nein, von dem konnten sie keine Hilfe erwarten. Konny schmiss den Laden mit Charme und Freundlichkeit den Gästen gegenüber. Bei Chef und Chefin war er ganz groß angeschrieben.

Der Arztbesuch am Montag brachte das befürchtete Ergebnis. Sabine war schwanger. Carla und Rolf setzten sich mit der

Verzweifelten zusammen und überlegten, was zu tun war. Die Schwangerschaft abbrechen oder das Kind behalten? Das Kind eines Vergewaltigers? Mit dann achtzehn Jahren Mutterpflichten übernehmen, ohne fertige Ausbildung? Und was für einen Charakter würde das Kind bekommen? Den des Vaters? Es war ernsthaft zu erwägen, welche Lösung am wenigsten Unheil anrichten würde.

Ein paar Tage brütete die Schwester an der Geschichte herum. Diesem Oberkellner musste auf jeden Fall das Handwerk gelegt werden. Anzeige zu erstatten, war witzlos. Sabine würde die ganze Tortur vor Gericht durchstehen müssen und nichts dagegen ausrichten können, wenn der Angeklagte alles abstreiten würde, ihr vielleicht sogar noch unterstellte, sie hätte es immer darauf angelegt.

Etwas anderes musste Carla sich einfallen lassen, etwas, das schnell über die Bühne zu bringen und wirkungsvoll war. Am liebsten würde sie den Kerl umbringen, weil er schließlich ebenfalls Leben zerstörte. Dieser Gedanke jagte ihr selbst einen Schrecken ein. Diese Schuld konnte sie auf keinen Fall auf sich nehmen.

Doch plötzlich hielt sie inne. In ihr Gesicht mogelte sich ein Lächeln, das gar nicht zum Ernst der Lage passte. Konny! Konrad! Hieß der Daumenlutscher nicht auch Konrad? Endlich hatte sich die richtige Idee eingefunden! Wenn sich diese Lösung auch als vermutlich nicht angenehme und vielleicht sehr gefährliche entpuppen könnte.

Zum nächsten Wochenende fuhr sie hinüber auf die Insel. Sie wusste von Sabine, die keine Ahnung von den Absichten ihrer Schwester hatte, wann in der Mittagspause dieser Konny in seinem Zimmer anzutreffen war. Immer tiefer wurde in Carla die Gewissheit, dass sie ein Recht hatte zu einer Bestrafung.

Auf der Bedienstetentoilette schminkte sie in Windeseile derart stark und grell ihr Gesicht, dass sie sich im Spiegel selbst nicht wiedererkannte. Dann zog sie vorsichtig, um nichts zu verschmieren, eine hellblonde Perücke über das Haar und trat auf den Flur. Hoffentlich erwischte sie jetzt das richtige Zimmer, und hoffentlich war er auch dort!

Sie klopfte leise an die Tür: „Herr Rüttge? Konny? Haben Sie noch einen Wunsch?“ Leise drückte sie auf die Klinke und schob sanft die Tür auf. Das Zimmer war ein wenig verdunkelt gegen die grelle, tief stehende Mittagssonne. Schnell hatten Carlas Augen sich an die Lichtverhältnisse gewöhnt. Ihr Opfer lag in seinem Bett und drehte verschlafen seinen Kopf in die Richtung der Tür.

„Oh, Besuch?“

Carla huschte an seine Schlafstelle und fragte noch einmal, ihrer Stimme so viel Süße wie möglich beimischend: „Hast du noch einen Wunsch, Konny?“

Der Mann war perplex. Er begriff überhaupt nicht, was mit ihm geschah, als diese Fremde die Bettdecke seitlich aufklappte. Aber dagegen einzuwenden hatte er offensichtlich nichts, zumal flinke Hände daran gingen, ihm die Hose herabzuziehen. Er half sogar, indem er das Becken leicht anhob.

Die blonde Frau neigte jetzt auch ihren Kopf dorthin. Voller Erwartung schloss er genießerisch die Augen.

Irrtum! Carla zog die große Schere hervor und machte einen schnellen kräftigen Schnitt.

Irgendwann würde er kapieren, dass er ihr dafür dankbar sein konnte. War die betreffende Stelle um ein Stückchen gekürzt, konnte seine Verstand wieder in den Kopf wandern, wo er hingehörte. So könnte aus Konny Rüttge vielleicht noch ein brauchbares Glied der Gesellschaft werden.

Während der Verletzte vor Schmerzen laut schrie, verschwand Carla, ihr blutiges Werkzeug unter der Bettdecke zurücklassend, im Treppenhaus, hetzte die zwei Stockwerke nach unten und verließ, jetzt in gebremstem Tempo, das Hotel durch den Haupteingang.

Nur die Angestellte an der Rezeption hätte sie beobachten können, wenn sie denn aufgeblickt hätte. Vielleicht wäre ihr auch aufgefallen, was die ungewöhnlich stark geschminkte Person im Vorbeigehen halblaut rezitierte: „Konrad, sprach die Frau Mama, ich geh aus und du bleibst da!“

Später auf der Fähre verkroch sie sich in die entlegenste Ecke des Restaurants. Sie wischte sich ein Guckloch in das beschlagene Fenster und starrte auf die Wellen. Das Triumphgefühl, gegen das sie sich zunächst gar nicht zur Wehr gesetzt hatte, war schnell verblasst. Längst bestimmte die Zukunft der Schwester wieder ihre bedrückenden Gedanken.

Ganz in Weiss

„... Und damit komme ich zum Schluss meiner Ausführungen. Meine Frau, die Margret, hat mir gedroht: Du kannst über alles reden, aber nicht über ..., über ..."

Gemurmel, Auflachen: Alter Hut! Unruhe.

Der Brautvater schaute um sich, verunsichert. „Entschuldigung! Ja, ich weiß. Ein Pastor darf über alles reden, nur nicht über zwanzig Minuten. Ich habe doch erst drei Sätze gesagt! Außerdem, sehe ich etwa aus wie so ein Pfarrer?"

Wieder Lachen. Hat man so etwas schon erlebt? So eine Hochzeit? So ein Kaspertheater?

„Also, verehrte Anwesende, bitte ergreift eure Gläser und trinkt mit mir auf das Wohl des Brautpaares. Auf ein glückliches gemeinsames Leben, Lisa und Florian! Ein Lastwagen voller Glück und eine Puppenstube voller Kinder! Auf euer Wohl!"

Oh weh! Wenn alle Gedanken und leisen Kommentare zu hören gewesen wären! Florian, mit seinen vierzig Jahren! Der muss sich aber beeilen. Andere wussten es besser. Viele Kinder nicht, aber ein paar hat er schon, insgeheim. Extraordinäre, sozusagen.

Aber – er stellte was dar, dieser Mann. Ein schöner Mann, fanden sicher einige. Seit einer Reihe von Jahren leitete er den Familienbetrieb, vom Vater zu treuen Händen übertragen. Wer behauptete, er bestelle das Feld nicht gut, der log. Und Lisa neben ihm machte keinen unglücklichen Eindruck. Sie war ein gutes Stück jünger als er, wohl an die fünfzehn Jahre, aber hektischer junger Männer war sie längst überdrüssig. Enttäuschungen zermürben. Sie schätzte den Luxus, den Florian ihr bieten konnte. Schöne Urlaubsreisen, einen eigenen Flitzer, Mercedes Cabrio, kaum Pflichten außer den Haushalt in Schwung zu halten, mit Hilfe einer fest angestellten Wirtschafterin, die dazu noch prima kochen konnte.

Was wollte sie mehr? Und sie hatte ganz bestimmte Vorstellungen, was sie sich erlauben wollte, moralisch gesehen. Dazu gehörten Unternehmungen mit ihrer Freundin Katja. So ganz endgültig beschlossen hatte sie noch nicht, wie weit sie sich von dem Kodex der ehelichen Treue einzwängen lassen wollte. Erst mal abwarten, wie Florian sich in Zukunft verhalten würde. Gewährsleute hatten ihr zugetragen, was ihr zukünftiger Ehemann sich alles gestattete. Auch noch, als die Hochzeit schon abgemachte Sache war.

Ganz hinten am letzten Tisch saß Düwel vor seinem halb geleerten Bierglas. Noch von der Schule stammte dieser Spitzname. Die sollen nicht immer Düwel zu dir sagen, hatte seine Mutter immer gewettert. Düwel heißt Teufel. Du bist kein Teufel! Wenn sie sich darin man nicht versah. In jedem Menschen steckt einer.

Schneeballwalzer, die Chance, auf die Düwel gewartet hatte. Im Nu war die Tanzfläche gefüllt. Er wirbelte eine rundliche ältere Dame herum, die mit am Tisch der Familie gesessen hatte. Nach anderthalb schweißtreibenden Durchgängen hatte er es geschafft. Sie war von der Idee begeistert, das Brautpaar abzuklatschen. Der Bräutigam zog ein verdrießliches Gesicht. Sich mit Lisas Tante abzumühen, entsprach nicht gerade seinen momentanen Wünschen. Aber was sollte er tun? Er lächelte gequält und ergab sich seinem Schicksal.

Lisa dagegen genoss es, mit Düwel den Walzer zu tanzen, wie sie es einmal im Fortgeschrittenenlehrgang mitbekommen hatte. Sie kannte den jungen Mann zwar nicht, aber es dauerte nur wenige Schritte, bis sie den Partner einschätzen konnte. Könner auf dem Tanzparkett entpuppen sich sofort. Links herum, rechts herum, ganz wie die Lücken sich boten. Das machte Spaß! Und wie! Es blieb ihr dabei nicht verborgen, dass ihr Tänzer sie nach einiger Zeit Richtung Ausgang führte. Was hatte das zu bedeuten? Doch bald begriff sie, dass er sie noch während des Tanzes, damit es nicht auffiel, aus dem Saal schleusen wollte. Sie lachte ihm zu, ahnend, was sich anbahnte. Die Braut sollte geraubt werden. Das war so recht nach ihrem Geschmack. Endlich passierte was! Düwel ergriff ihre Hand und zog sie auf den Parkplatz. Wer gehörte denn außer ihm noch zu den Räubern?

„Schnell, hier ins Auto!"

Sich umschauend stieg sie durch die ihr aufgehaltene Tür ein und ließ sich auf den Beifahrersitz fallen. „Vorsicht! Mein Kleid!"

Langsam, zuletzt mit Schwung schloss er die Tür. Alles in Ordnung. Die weiße Pracht war eingefangen.

„Wo sind denn die anderen? Du bist doch nicht allein! Oder etwa doch?“

Keine Antwort auf ihre Frage. Stattdessen: „Ich heiße Marko. Meine Freunde haben mich mal ‚Düwel‘ getauft. Such dir aus, was dir am besten gefällt!“

Damit brauste er los. Lisa wurde davon überrascht. Das war ja ein rasanter Start! Eine Fahrt in der Teufelskiste. Aber von Angst konnte bei ihr nicht die Rede sein.

„Denn man ab dafür, Düwel! Marko! Ich bin gespannt, was auf mich zukommt!“ Trotz seines ungewöhnlichen Auftretens fühlte sie sich in seiner Gegenwart nicht unwohl. Sie betrachtete ihn von der Seite. Nett. Sympathisch. Kein übler Junge.

Nach einer Viertelstunde auf bekannter Strecke das Ortsschild der Kreisstadt. Der alte Bahnhof lag völlig im Dunkeln. Seit einigen Monaten hielt hier kein Zug mehr. Bahnreform auf Kosten der Bürger. Für Düwel aber das passende Terrain.

„Komm mit! Hier entlang!“

Einige Mühe machte es Lisa, mit ihren Absätzen auf den Kopfsteinen das Gleichgewicht zu halten. Düwel ging vor, leuchtete mit einer Taschenlampe das Türschloss an und öffnete. Er hielt den Schlüssel hoch. „Den hat mir ein Freund überlassen. Er ist bei der Bahn.“

Eine Treppe hoch, die erste Tür links, und schon standen sie in einem spartanisch eingerichteten Zimmer. Eher einem Schlafraum. Stuhl, Tisch, Bett, Waschbecken, Spiegelbord, Deckenleuchte, nicht allzu hell. Das war alles. Eigentlich fehlte nur noch eine Betnische mit Bibel und Gesangbuch. Aber sauber war es, soweit man das bei dieser Beleuchtung abschätzen konnte.

„Hier haben die Schaffner gepennt, wenn sie nicht mehr nach Hause konnten. Nicht gerade das Paradies.“

Und was sollten sie hier? Jetzt beschlichen Lisa doch leichte Zweifel.

„Setz dich, Lisa!“

Er holte eine Sektflasche hinter dem Schrank hervor, öffnete sie mit sanftem Knall und goss ein.

„Auf dich!“

Ein Schluck, aber dann verlangte die Braut Auskunft, wie es nun weitergehen sollte.

„Es wird doch nicht so leicht, wie ich es mir vorgestellt habe. Das ist wirklich ein Problem. Besonders für mich“, formulierte

Düwel bedächtig. „Du bist hier, weil meinem Vater Ungerechtigkeit widerfahren ist.“ Er bekräftigte trotz der verbalen Steigerung in aller Ruhe: „Eine Ungerechtigkeit, die zum Himmel schreit. Immer noch“.

Lisa war nicht ganz wohl in ihrer Haut. Was führte der Bursche im Sinn? Was hatte sie damit zu tun?

„Ich mache es kurz. Mein Vater war in Florians Betrieb bis vor ungefähr zehn Jahren in Lohn und Brot. Als Prokurist. Zum 1. Dezember, pünktlich und passend zu Weihnachten, wurde er entlassen. Wegen Unterschlagung. Angeblicher Unterschlagung. In Wirklichkeit war es dein Bräutigam, der die Geschäftskonten angezapft hatte. Aber mein Vater hat ihn gedeckt. Es gab da etwas, womit er von Florian unter Druck gesetzt wurde. Ja, erpresst wurde. Er hatte ihn nach einem Betriebsausflug, bei dem alle zu viel getrunken hatten, im Stadtpark erwischt. In einer verfänglichen Situation mit einem Angestellten der Firma. Eine böse Geschichte. Dafür will ich Rache. Ich habe dich entführt, weil ich meinen Vater rächen will.“

Lisa begriff nicht: „Und was hat das Ganze mit mir zu tun?“

„Mein Plan war, diesen arroganten Kerl, deinen Florian, zu treffen. Zu verletzen. Er sollte es zu spüren bekommen. Ich kann jetzt ruhig ehrlich sein. Eigentlich wollte ich dich umbringen.“

„Was? Du spinnst!“

„Doch. Wirklich. Damit er merkt, wie es ist, wenn man einen Menschen verliert, den man liebt. Aber ich habe schon vermutet, dass mir dazu einiges fehlt.“

Erstaunlich, dass Lisa die Ruhe behielt. „Aber das gibt doch keinen Sinn, Marko!“

„Doch! Alles brach für ihn zusammen. Dazu die homosexuelle Neigung, über die mein Vater durch dieses Ereignis erst Klarheit erhielt. Nicht im Traum hatte er an diese Möglichkeit gedacht, obwohl er längst ahnte, dass irgendetwas mit ihm nicht stimmte. Florian, zu der Zeit Juniorchef, hängte das Ereignis vom Stadtpark später, als für ihn nichts mehr zu befürchten war, doch an die große Glocke. Mein Vater war todunglücklich, am Boden zerstört. Mutter kam das natürlich alles zu Ohren. Die Ehe war schon vorher keine Ehe mehr. Es stimmte natürlich auch vorher schon nicht mehr zwischen den beiden. Und dann das. Es ging über die Kräfte. Von beiden.“

„Und was macht dein Vater jetzt?"

Düwel lachte bitter auf: „Was er jetzt macht? Mein Vater ist tot! Schon neun Jahre. Einige Monate nach seiner Entlassung gab er auf. Überall hatte er sich beworben, aber einen Mann, dem Unterschlagungen vorgeworfen worden waren, stellte natürlich niemand ein. Vater war am Ende. Mit voller Kleidung ist er ganz einfach in die Nordsee marschiert. Er hat sich ertränkt."

Er schwieg. Auch für Lisa war diese Kost schwer verdaulich.

Doch dann redete er weiter: „Aber jetzt, nachdem ich dich kennen gelernt habe, verpufft meine Absicht. Als du mich zum erstenmal ansahst, vorhin, auf der Tanzfläche, kamen mir schon Zweifel. Dieses Lächeln in deinem Gesicht hat meinen Plan zum Scheitern verurteilt. Ich ahnte es sofort. Die Physiognomie eines Menschen verrät alles über ihn. Katze oder Maus? Teufel oder Engel? Ist er Feind oder Freund? In dir kann ich keinen Feind sehen. Im Gegenteil. Du bist ein – Lichtblick! Nur schade!"

„Was ist schade?"

„Du bist an den falschen Mann geraten! Der hat dich nicht verdient."

Nach kurzer Stille nahm er wieder das Wort auf. „Zunächst dachte ich, ich mache es etwas weniger schlimm. Ich würde dich eben nur vergewaltigen!" Er lachte auf: „So ein Witz!"

„Scheint mir auch so. Außerdem – es hätte ein zusätzliches Problem geschaffen."

„Wieso?"

„Du kannst mich nicht vergewaltigen, Marko!"

„Bist du Karatekämpferin? Oder boxt du etwa?"

Sie setzte sich auf seinen Schoß und nahm seinen Kopf in beide Hände. „Deshalb", sagte sie.

Es war ziemlich kalt in dem kleinen Raum. Deshalb saßen sie kurz darauf wieder völlig angekleidet nebeneinander auf der Liege und hielten sich umarmt.

„Was du mir über Florian gesagt hast, stimmt wirklich?"

Sein Blick machte deutlich, dass diese Frage überflüssig war.

„Es wird dringend Zeit, dass du mich zurückbringst zur Hochzeitsfeier. Hier findet mich nicht einmal mein schlauer Ehemann."

Nachdenklich, etwas verwirrt vom unerwarteten Verlauf des Ereignisses, verließen sie im Auto das Bahnhofsgelände und kamen bald vor dem Hotel an. Lisa stieg vorsichtig aus, das weiße Kleid mit beiden Händen zusammenhaltend. Mit Hallo wurde sie im Eingangsbereich und im Flur des Hotels begrüßt. Im Saal waren schon einige Tische leer, mehrere Stühle standen kreuz und quer herum. Die Gäste waren offenbar gegangen oder vielleicht auch in der Bar. Am Ehrentisch, an den eigentlich ganz besonders sie gehörte, steckte Florian den Kopf mit einer schwarzhaarigen Schönen zusammen. Was da wohl geredet wurde? Es sah nicht danach aus, dass er sie gesucht hatte. An seiner Gesichtsröte war zu erkennen, dass er in der Zwischenzeit seinen Hochzeitsgästen ordentlich zugeprostet hatte, statt seine entführte Braut zurückzugewinnen.

Die Geschichte nahm ein versöhnliches Ende. Florian und Lisa flogen in die Karibik. Nach zwei Wochen sprang Düwel beim Zeitunglesen eine riesige Todesanzeige ins Gesicht. Florian Walter gestorben. In tiefer Trauer – an erster Stelle die junge Ehefrau. Man erzählte sich in der Stadt, er sei während der Hochzeitsreise in der Dominikanischen Republik beim Baden ertrunken. Anderswo hieß es, eine Herzattacke sei schuld gewesen. Vielleicht war beides zusammengekommen. Oder stimmte es doch, dass er verdorbenen Fisch zu sich genommen hatte?

Gesindel

Abram Collins schlenderte durch das Combo-Center und ließ sich Zeit bei der Entscheidung, welchen Artikel er wählte und in den Einkaufswagen legte. Viel zu kaufen hatte er nicht. Konnte er auch nicht, von dem bisschen Geld, das ihm in diesem Monat noch übrig geblieben war. Es reichte gerade eben für das Nötigste.

Er hatte sich im Laufe der Monate schon ein dickes Fell wachsen lassen. Aus den Augenwinkeln bemerkte er, wie unterschiedlich die Menschen ihn betrachteten. Für jedes Lächeln, für jeden freundlichen Gesichtsausdruck war er dankbar. Sie zeigten ihm, dass sie es nicht guthießen, wie in Deutschland Menschen mit schwarzer Haut auf der Straße und in den Ämtern oft begegnet wurde. Von manchen wurden sie demonstrativ ignoriert. Das sollte ihm recht sein. Aber es schlug ihm auch unverhohlener Hass entgegen. Die leben von unseren Steuergeldern! Denen geht es zu gut! Sollen die doch dahin zurückgehen, wo sie herkommen!

Das würde Abe auch gern. In manchen Nächten ließ ihn der Schlaf im Stich. Die wachen Augen verloren sich im Dunkel. Schloss er sie, dann erschienen ihm Bilder aus der Heimat, Bilder seiner Familie, von der er nicht wusste, wer noch lebte. Aber dort, in Simbabwe, würde es ihm noch schlechter gehen. Bewaffnete Horden hatten die Farm in Brand gesteckt, den weißen Farmer Allan Campbell und seine Familie erschlagen. Das gleiche wäre Abe mit seinen Eltern und Geschwistern, die alle auf der Farm arbeiteten, passiert, wenn sie sich nicht im Wald versteckt hätten.

„Vor diesem Gesindel ist man doch wirklich nirgendwo sicher!"

„Und klauen tun die – wie die Raben!"

Die beiden Männer zwinkerten sich kurz zu. Etwas Gutes führten die nicht im Schilde! Sie schlenderten zum CD-Ständer und wählten eine der Platten aus. Preis: 15,98 Euro. Mit drei Cola-Flaschen und dieser CD in den Händen schauten sie sich um. Wo trieb sich der Neger jetzt herum? Ah, dort, an der Kasse. Sie schafften es, den Platz hinter ihm einzunehmen. Eine alte Dame wurde etwas unsanft beiseite geschoben.

„Also, wirklich!“, entrüstete sie sich laut.

„Ach, Oma, reg dich nicht auf!“

Jetzt warteten die Männer auf einen günstigen Augenblick. Sie verschafften ihn sich schließlich selbst, indem sie Abe Collins anrempelten. „Entschuldigung!“, und schon war die CD in der Manteltasche des Opfers verschwunden.

Nachdem die schlanken, braunen Hände die Waren aus dem Einkaufswagen auf das Band gelegt, einen Geldschein hingegeben und das Wechselgeld wieder eingesteckt hatten, wandte sich die Kassiererin den Nachrückenden zu. Der vordere der beiden blickte sie an, zeigte auf Abe, der noch dabei war, seine Leinentasche zu füllen. Dabei machte er mit der Hand eine Bewegung, die allgemein als Geste des Diebstahls verstanden wird.

Sofort ging die Frau darauf ein und rief über das Mikrophon einen Angestellten aus dem Büro herbei. Die Kassiererin wiederholte die Handbewegung und wies auf den vermeintlichen Übeltäter.

„Denn zeigen Sie doch mal, was Sie eingesteckt haben! Wo? In der Manteltasche vielleicht? Die ist ja auch wirklich groß genug dafür!“ Er wies mit dem Finger auf die gläserne Front des Büros. „Komm mal mit!“ Und nach ein paar Schritten: „Ihr seid doch alle gleich! Nichts als Ärger hat man mit euch!“

Auf dem Weg dorthin fasste Abe, Übles ahnend, in die Tasche – und erschrak! Kopfschüttelnd legt er die CD auf den Tisch im Büro.

Ohne weitere Worte wählte der Mann im weißen Kittel die Nummer der Polizei.

Abe wusste, es war zwecklos, seine Unschuld zu beteuern. Es würde wie üblich sprachliche Verständigungsprobleme geben. Und die Unfreundlichkeit des Mannes versprach ohnehin nichts Gutes.

*

„Hallo, Abe! Was hört man von dir? Hast du wirklich geklaut? Im Combo-Center?“

Abe blieb stehen und wandte sich um: „Hey, Katja! Oh no! I didn’t! Somebody has put a CD into the pocket of my coat, I believe! – I’m sure!”

Katja hatte keine Zweifel, dass Abe unschuldig war und man ihm übel mitgespielt haben musste. Es gab genügend Zeitgenossen, denen sie zutraute, Abe hereingelegt zu haben. Auch hier im Neuenkamp, in ihrer Straße.

Als sie sich von dem Afrikaner verabschiedet hatte und dieser zu seiner Wohnung einige Häuser weiter auf dem Weg war, wandte sich Katja dem eigenen Zuhause zu. Plötzlich öffnete sich die Haustür einen Spalt und ließ einen braunen Schäferhund heraus, der sofort hinter Abe herjagte, ihn stellte und wie einen Eindringling wild anbellte.

Katja würde böse: „Papa, was soll das!“ Ihn vermutete sie hinter der Tür. Bonzo hinter unliebsamen Leuten herschicken – das machte er häufiger.

„Bonzo, sofort hierher!“ Sie lief hinter dem Hund her und griff ihn am Halsband, um ihn über die Straße aufs Grundstück zu ziehen und die Pforte zu schließen. „Hier bleibst du!“, ordnete sie scharfer Stimme an. Sie schaute hoch und wollte Abe entschuldigend zuwinken, doch war der schon im Haus verschwunden.

*

Katja ware eine der wenigen im Neuenkamp, die mit Abe, wenn es sich ergab, ein paar Worte wechselten, weil sie ihm das Gefühl vermitteln wollten, dass nicht alle gegen ihn waren. Dazu gehörte auch seine Vermieterin, die selbst Kummer genug erlebt hatte. Ihr Mann, in jungen Jahren schon gestorben, hatte ihr zu dem Kummer fast nichts als Schulden hinterlassen. Sein Modegeschäft in der Stadt war immer tiefer in die roten Zahlen geschlittert und eines Abends lag er nach einem Herzinfarkt tot hinter der Kasse.

Das Haus am Neuenkamp war viel zu groß und längst nicht bezahlt. Im Laufe der Jahre hatte die Gläubigerbank mehrere Versuche gestartet, die ihr überschriebene ideelle Haushälfte zu versteigern. Doch nur das ganze Haus hätte einen Abnehmer gefunden, aber Frau Rothe ließ sich nicht hinausekeln. Und das mit Recht, denn schließlich trug sie die Verantwortung für ihre geistig behinderte Tochter, der sie das Zuhause erhalten wollte. Mit der Vermietung einiger Räume und einer kleinen abgeschlossenen Etagenwohnung gelang es ihr mehr schlecht als recht, das Nötigste zum Leben der beiden aufzubringen.

Marie Rothe sprach kein Wort Englisch und verstand nur Brocken, aber trotzdem hatte Abe das Gefühl, dass er es bei ihr nicht übel getroffen hatte. Außerdem beschäftigte er sich oft mit Sonja, die es sogar schaffte, einige englische Wörter zu lernen. Sie war recht gewitzt im Kartenspiel, einem einfachen, das sie Abe beibrachte. Außerdem fiel ihm auf, dass sie über ein überraschend gutes Gedächtnis für Daten verfügte. So konnte sie ihm die Geburtstage fast aller Nachbarn im Neuenkamp nennen, die sie aufgeschnappt hatte. Und wenn es auch nur dadurch war, dass die Autos der Familienangehörigen während der Geburtstagsfeier auf den Seitenstreifen der betreffenden Häuser parkten. Diese Besonderheit genügte, dass sich Tag und Monat in ihrem Gedächtnis eingruben.

Unangenehm wurde die Situation in der Nachbarschaft, als es sich nicht mehr verheimlichen ließ, dass Katja schwanger war. Die Bosheit einiger Nachbarn ging so weit, aus ihren die freundlichen Unterhaltungen mit Abe zu schließen, er müsse auch der Vater des erwarteten Kindes sein.

In Windeseile machten diese Gerüchte aus Katja ein Flittchen, das sich mit Negern einließe. Ihre Eltern wussten es natürlich besser. Sie kannten schließlich ihren künftigen Schwiegersohn, der allerdings sich nur selten sehen ließ, weil er nach seiner Ausbildung als Steuerberater in Leipzig Arbeit gefunden hatte. Die Beteuerungen den Nachbarn gegenüber, Frau Rothes ausländischer Untermieter sei nicht der Vater des erwarteten Babys, wurde mit hämischem Auflachen beantwortet. Und wenn zu Hause ein Streit für dicke Luft sorgte, bezweifelten die Eltern manchmal selbst, was Katja über sich und Jens erzählte, und verletzten sie damit tief. „Und wenn es so wäre? Wenn Abe der Vater wäre? Es gibt wohl keine schlimmere Schande, die ihr euch vorstellen könntet, nicht?“

In solchen Augenblicken schwor sich die Tochter, so bald wie möglich ebenfalls nach Leipzig zu ziehen. In ihrem Alter, mit zwanzig Jahren, gehörte sie sowieso längst aus dem Haus.

Aber die Zeit arbeitete natürlich für Katja. Ob allerdings die Nachbarn, wenn sie durch die Brille der gehässigen Neugier in den Kinderwagen gucken würden, wohl begriffen, dass dieses Baby keinen Schwarzen zum Vater haben konnte? Sicher konnte man sich da nicht sein.

*

Eines Morgens, fand Marie Rothe, als sie wie üblich die Zeitung hinüberbringen wollte, die alte Frau Ukena in ihrer kleinen Arbeiterkate tot im Bett vor. Es sah schlimm aus. Kissen und Decken zerwühlt, die Alte, wie später festgestellt wurde, mit dem Kopfkissen erstickt. Ein grausames Verbrechen, hier inmitten des Neuenkamps, ohne dass einer der Nachbarn etwas davon mitgekriegt hatte.

Keinen Menschen hielt es mehr in der eigenen Wohnung. Alles stand vor dem Haus der so elend umgekommenen alten Frau und rätselte, was das für Menschen sein mussten, die eine über Achtzigjährige derart misshandeln konnten. Alle Räume im Hause waren durchwühlt. Der Täter musste nach Geld gesucht haben. Ein Drogensüchtiger? Vielleicht mehrere? Oder sollte etwa ...?

Ganz schnell verwandelte sich der üble Verdacht für den Menschenauflauf in die Wirklichkeit. Das war doch sicher der Schwarze gewesen, der bei Frau Rothe wohnte! Natürlich fand sich auch einer, der zufällig nachts, als er angeblich nicht schlafen konnte, aus dem Fenster auf die Straße geschaut und diesen Neger entdeckt hatte. Was hatte der Kerl um diese Zeit draußen verloren? Na klar! Jetzt wussten sie, was er im Schilde geführt hatte!

Sie sahen ihn von weitem mit dem Fahrrad in den Neuenkamp einbiegen. Da war er ja, der Mörder! Ahnungslos wollte Abe an der Gruppe vorbeirollen, sich wundernd, warum Rettungswagen und Polizei den Weg fast versperrten und so viele Menschen hier herumstanden. Da rief einer: „Haltet ihn fest!"

Warum sollte Abe sich das gefallen lassen? Er durchschaute immer noch nicht den Grund des Zorns. Also versuchte er, sich den groben Griffen der Männer zu entwinden, traf dabei mit dem Ellenbogen die Nase von Katjas Vater. Das war das Signal! Wenn der Anlass nicht so traurig gewesen wäre, hätte man darüber lachen können. Familienväter mit hellem Oberhemd und Hosenträgern, unterstützt von zwei Frührentnern, spielten Wildwest! Alle prügelten auf den Armen ein. Abes Nase begann zu bluten, die Augenbrauen platzten auf, während er festgehalten und weiter auf ihn eingedroschen wurde.

Das wütende Geschrei lockte einen der Polizisten aus dem Haus der Getöteten. Er griff sofort ein und befreite Abe aus der aufgebrachten Menge.

„Hier, der war's. Nimm den sofort fest, oder wir schnappen ihn uns wieder!“ Das musste verhindert werden. Schnell wurde der Geschlagene in den Polizeibulli geleitet und sicherheitshalber weggebracht.

Die Einwohner des Neuenkamps hörten nie wieder von Abe Collins. Auch Katja nicht, die kurze Zeit später aus ihrem Elternhaus auszog, noch vor der Geburt des Kindes.

Etwa ein halbes Jahr nach dem Mord berichtete die Zeitung, ein Mann habe die Tat gestanden. Er hatte vor Jahren als Maurergehilfe im Baugeschäft am Ende der Straße gearbeitet und war ab und zu von der alten Frau Ukena zu einer Tasse Tee hereingebeten worden.

Nach dem Rechten sehen

Während Else die beiden Teetassen nicht gerade leise zusammenstellte und zur Spüle hinübertrug, bemerkte sie, scheinbar nebenbei: „Du machst doch sicher gleich wieder deine Tour mit dem Rad. Hättest du nicht mal Appetit auf ein Krabbenbrot? In der Zeitung steht, um vier legt der Kutter am Siel an. Mit Granat, ganz frisch." Ob er wohl diesmal anbiss?

„Ach nee, lass man." Johann legte die Zeitung sorgfältig zusammen und schaute hoch.

„Ich muss wieder meine alte Tour machen. Ein bisschen nach dem Rechten sehen. Du weißt schon!", wehrte er ab und grinste in sich hinein. „Aber die Idee ist nicht schlecht. Fahr du doch schnell eben mit dem Auto hin. Dann kannst du gleich mit dem Pulen anfangen, während ich noch unterwegs bin."

Johann erhob sich, wobei er den Stuhl auf dem Steinboden ein Stück nach hinten schob. Der dabei erzeugte Mark und Bein erschütternde Laut berührte Else äußerst unangenehm. „Johann! Mann! Muss das sein?" Sie hasste das! Hochheben, den Stuhl! Wie oft hatte sie ihn schon darum gebeten!

Rasch zog er sich seine Joppe an und rief „Tschüß! Bis nachher!" Und weg war er.

Wieder so eine Idee von Else, ihn davon abzubringen, den neuen Wanderweg zu fahren. Bis vor gut einem Jahr war er noch in städtischen Diensten, beim Bauhof, und hatte den Rundkurs mitgebaut. Genau genommen war das sogar auf seine Idee zurückgegangen. Weil er schon immer viel mit dem Fahrrad unterwegs war, kam ihm plötzlich die Erleuchtung, dass es möglich wäre, einen Rundwanderweg um die Stadt einzurichten. Nur einige kurze Verbindungsstücke fehlten. Der städtische Bauingenieur trug die Idee ins Rathaus, und schon wurde ein offizieller Auftrag daraus. Es hatte sich bei der Kalkulation herausgestellt, das Ganze würde nicht viel kosten. Nur dass die Idee sich in Johanns Kopf gebildet hatte, wurde vergessen. Auch ein Bauingenieur heimste gern Lob ein. Den Plan in die Wirklichkeit umzusetzen, gelang ganz großartig. Von jedem Punkt aus hatte man den freien Blick auf den Kirchturm. Damit ließ sich vortrefflich in der Fremdenverkehrsbroschüre werben. Nach Feierabend und an Wochenenden kreisten auch die Einheimischen um ihre Stadt und waren begeistert über diesen gelungenen Radweg. „Schön geworden, nicht?“, riefen sie einander zu, und: „Herrlich! Tolle Idee!“

Nun hätte Johann beleidigt sein können. Er war es nicht, sondern unheimlich stolz. Dass ihm die Federn herausgerupft worden waren, mit denen andere sich schmückten, störte ihn nicht weiter. Es blieb sein Weg, und deshalb machte er regelmäßig eine Kontrollfahrt. Ohne dazu aufgefordert worden zu sein. Schließlich genoss er seit fast einem Jahr schon das Rentnerdasein.

Eine Stelle des Rundweges war besonders schön geraten. Ein Rennfahrer würde die Führung als Schikane bezeichnen, die ihn zwingen würde, das Tempo zu verringern. Dieser Umweg bot aber die Möglichkeit, eine Ruhezone, ein Biotop, mit einzuplanen. Der Nachteil war, dass sie anders genutzt wurde als erwünscht. Jugendliche trafen sich dort. Das an sich war nichts Beklagenswertes. Aber wie sie sich dort breit machten, war eine Katastrophe.

Johann war auch heute wieder auf Schlimmes gefasst. Als der Platz sich nach der Kurve plötzlich in sein Blickfeld drehte, sah er es schon. Tiefe Bremsspuren, vermutlich von Mopeds schmerzhaft in die noch weiche Schlacke gerissen, Bänke standen wieder schief, nachdem offenbar mit ihnen gekippelt worden war, die Drähte des Zaunes hingen durch. Auf ihnen hatten sie also wieder gesessen und hatten gewippt, um zu zerstören. Vor nichts machten sie Halt. Im Teich schwamm ein Pfahl, der aus der Palisadenreihe herausgeruckelt worden sein musste, dazu aufgerissene Chipstüten. Leere Colaflaschen lagen herum.

Die jungen Leute hatten es nicht mal nötig, sich das Pfand im Supermarkt oder im Kiosk zurückgeben zu lassen. Viel zu viel Geld hatten die heutzutage. Wenn Johann das mit seiner Zeit in der Schule und als Lehrling verglich! Denen ging es viel zu gut! Im Augenblick war von den Lümmeln nichts zu entdecken. Ach ja, Mädchen waren manchmal auch dabei. Wie die herumliefen! Das sollten mal seine Kinder sein. Da wüsste er, was er zu tun hätte! Wie er ihnen die Unarten abgewöhnen würde: Links und rechts eine an die Ohren. Das würde helfen. Garantiert.

Was Johann mit ein paar Handgriffen wieder richten konnte, erledigte er. Ansonsten: wie gehabt. Im Rathaus anrufen. Die Touristen kamen ja schließlich an die Küste und in diese Stadt, weil sie sich hier wohlfühlen und erholen wollten. Auch bei Else und Johann hatte sich ein Ehepaar in der Ferienwohnung einquartiert, aus Soest kamen die. Nette Leute. Ungefähr so alt wie sie beide auch, schätzte er.

Als Johann das Rad wieder auf den Weg schob und sich anschickte aufzusteigen und loszufahren, sah er sie. Schreiend, durcheinander torkelnd näherten sie sich. Noch waren sie ein ziemliches Stück entfernt. Na, denen werde ich den Marsch blasen, nahm Johann sich vor. Er stieg wieder ab und wartete, bis die Gruppe heran war.

„Ach, da ist ja wieder unser Aufpasser!"

„Ja richtig, der Polizist, aber ohne Uniform!"

„Und ohne Ausweis!"

„Na, Alter, was gibt es denn heute zu meckern?"

„Eins – zwei – drei: Ton ab, Opa!"

„Möchte er auch was sagen, unser Sheriff?"

„Nun fang schon an zu labern, Sheriff! Wir sind ja so gespannt!"

Natürlich fühlten sie sich zu Unrecht beschuldigt. Sie wären seit Tagen nicht mehr hier gewesen. Das hätte er sicher selbst alles kaputt gemacht, damit er sie beschuldigen konnte!

Johann kam gar nicht zu Wort. Sie schubsten ihn vor sich her, immer weiter Richtung Teich. Dann tickte ihn der größte der Rüpel vor die Brust. Rückwärts stolpernd kippte Johann über einen anderen, der sich hinter ihm klein gemacht hatte. Ein hinterlistige Art, jemanden überraschend von den Beinen zu holen. Platsch! landete er im Wasser, verlor das Gleichgewicht, kippte hintenüber! Über ihm schlug das Wasser zusammen! Raubte ihm die Atemluft! Mit aufgeregtem Strampeln schaffte er es, sich wieder aufzurichten. An ihm lief das Wasser herab, während er sich mit den Händen die verdreckten Augen frei wischte. Kalt war es! Eisig kalt!

Unter lautem Gejohle zogen die Jungen ab, während Johann sich mühsam aus dem Teich aufs Trockene quälte. Zum Fahrrad, und so schnell es ging, nach Hause. Hoffentlich holte er sich nichts dabei weg!

aneinander, als säuberte er sie vom angefassten Schmutz. So, mein Freund. Das hätten wir.

Mit sich zufrieden wandte er sich ab und griff nach dem Lenker seines Fahrrades. Sollte der doch sehen, wie er wieder herauskam. Er schwang das Bein über den Sattel und radelte los, nicht ohne einen triumphierenden Blick zurück zur Wasseroberfläche zu werfen.

Er stutzte. War der Junge schon wieder heraus? So schnell? Aber auf dem Gelände um den Teich herum sah Johann ihn nicht.

Johann stoppte. Stieg zögernd ab. War er doch noch im Wasser? Untergegangen? Oder da hinten? Das Dunkle unter dem Busch? War er das? Mit dem Gesicht nach unten?

Er schaute sich um. Niemand zu sehen. Weg! Nur weg von hier. Wie gehetzt trat er in die Pedale. Nur weg! Verdammt!

Zu Hause angekommen, holte er den Rasenmäher aus dem Schuppen und machte sich an die Arbeit. Nach einer Reihe abgeschnittener Bahnen stand Else plötzlich neben ihm.

„Du bist ja schon wieder da!“, schrie sie in den Lärm des laufenden Motors hinein. Der Angesprochene schaute kurz zur Seite und setzte seine Arbeit fort. Else öffnete noch einmal den Mund, schüttelte aber dann missmutig den Kopf und eilte zurück in die Waschküche.

Als der Rasen gestutzt war, ging es zu den Kaninchenställen, zum Ausmisten. Alles Tätigkeiten, die eigentlich noch gar nicht wieder anstanden. Else begriff die Welt nicht mehr.

Am Abend vor dem Fernseher kamen Johann nur die nötigsten Laute über die Lippen. Danke. Ja. Nein. Gute Nacht. So etwas hatte sie noch nicht erlebt.

Am Morgen nahm er sich gegen die Gewohnheit schon vor dem Frühstück die Zeitung. Nach einigem Suchen hatte er es entdeckt: *Jugendlicher tot aufgefunden. Am gestrigen Nachmittag wurde beim Rastplatz am Wanderweg ein Jugendlicher tot aufgefunden. Wahrscheinlich ist er nach einem Zechgelage ins Wasser gestürzt und ertrunken. Jedenfalls deuten geleerte Schnapsflaschen auf dem Gelände darauf hin. Der Tote wurde zur Feststellung der Todesursache und Ausschließung von Fremdverschulden ins Gerichtsmedizinische Institut nach Oldenburg überführt. Die Polizei bittet Zeugen, die sich am Donnerstag in der Nähe des Rastplatzes aufgehalten haben, sich bei der Polizeidienststelle zu melden.*

Er legte das Blatt zur Seite. Schwein gehabt. Und zu Else gewandt, die mittlerweile den Tisch gedeckt hatte: „Na, können wir frühstücken?“

Die Therapie

„Trotzdem bin ich an solchen Tagen wie heute rundherum glücklich“. Rotgeränderte Augen noch, die Tränen soeben weggewischt. Sie lächelte wie ein trotziges Kind.

Der Sohn sah die alte Dame sorgenvoll an. „Wenn du dich nicht endlich zusammennimmst und weiterhin Nüsse isst, kann es sein, dass alle Hilfe zu spät kommt. Ersticken ist kein schöner Tod!“

Den kleinen Asthmaanfall hatte sie durch das Medikament schnell wieder in den Griff bekommen. Mein Gott, sie vergaß zu oft aufzupassen. Auf Nüsse zu verzichten – ach was, der Arzt hatte ihr ja etwas verschrieben. Für alle Fälle.

Sie wandte sich ihrem Teller zu, spießte mit der Kuchengabel ein ordentliches Stück Pfirsichtorte auf, einen Löffel Schlagsahne dazu und schob die etwas zu umfangreich geratene Fracht in ihren weit geöffneten Mund.

„Ich jedenfalls bin glücklich. Geht es euch nicht auch so?“, fuhr sie fort, ungeniert mit vollem Mund sprechend. Der Sohn nickte geflissentlich: „Ja, Mutter!“ Dabei schaute er auf seine Frau, die blass und mager die Runde vervollständigte. Auf dem Boden spielte der kleine Stammhalter, völlig in seine Rolle als Lastwagenfahrer vertieft. Seine Tätigkeit untermalte er mit wechselnden Geräuschfrequenzen.

„Ja, ich finde es einfach wunderbar, dass wir uns so gut verstehen. Es gibt genügend Familien, bei denen sind Streit und Zank an der Tagesordnung!“

„Ja, Mutter“, pflichtete der Sohn wieder bei. Die junge Frau verließ eilig den Raum.

„Was ist mit ihr, Peter? Muss sie sich wieder übergeben?“

„Ich weiß auch nicht, Mutter!“

„Ach, sie tut mir ja so leid. Hoffentlich finden die Ärzte bald die Ursache heraus!“

„Ja, Mutter!“

*

„Schatz, ich mag es dir kaum noch sagen. Aber sie war heute wieder unausstehlich und gemein zu mir. Die will mich fertig machen!"

„Jetzt übertreibst du aber! Ich verstehe dich nicht, Helene! Sie ist freundlich, auch zu dir, sorgt sich um deine Gesundheit, lobt dich für deine umsichtige Art mit dem Kleinen. Kriegst du das denn nicht auch mit?"

Helene konnte nicht verhindern, dass die Tränen rannen. „Ja! Sie ist freundlich zu mir. Sie sorgt sich um mich. Wenn du mit im Zimmer bist. Wenn du zu Hause bist! Sobald die Haustür hinter dir ins Schloss fällt, erlebe ich eine andere Schwiegermutter."

„Ach, das kann ich mir nicht vorstellen. Du musst nicht so empfindlich sein! Sie meint es sicher nicht so."

„Wie bitte? Sie meint es nicht so? Sie wirft mir immer wieder vor, Michael zu einem Schwächling zu erziehen. Der Junge würde noch mal wie ich, hat sie gesagt. Warum, weiß ich auch nicht. Oder bist du der gleichen Meinung? Das Kind hätten wir viel zu spät gekriegt. Ich wäre doch schon sechsunddreißig. Viel zu alt für Kinder. Kinder brauchten junge Eltern!"

Helene erschrak, als Peter laut auflachte: „Also wirklich! Mutter war fast vierzig, als ich geboren wurde!"

Es sprudelte weiter aus ihr heraus: „Als ich sie fragte, ob du weggegangen wärst, bekam ich wieder etwas zu hören! Ich müsste doch wissen, dass du dauernd in die Kneipe gingst! Ob es mir denn noch nicht aufgefallen wäre, dass du es bei mir nicht mehr aushalten könntest! Mein Getue ginge dir auch auf die Nerven. Depressionen? Damit wären die Ärzte schnell bei der Hand. Vor allem bei Versagern. Darüber könnte sie nur lachen. Was ich denn meinte, was sie früher mit dir und deinem Bruder alles durchgemacht hätte?"

„Also das ist ja ... So etwas sagt meine Mutter?" Ungläubig runzelte er die Stirn.

„Der Höhepunkt war, als sie mich fragte: Warum ist dein Ehemann so still geworden? So lustlos? Im Leben von Mann und Frau gibt es noch etwas zwischen Abend und Morgen, das auch stimmen muss. Oder ob ich das vergessen hätte. Was passiert denn bei euch, wenn die Nachtischlampe ausgeschaltet wird? Nichts, da wäre sie sich sicher. Sonst wärst du ein anderer Kerl! – Dieses unverschämte Weib! Du wärst früher so ein fröhlicher Junge gewesen. Alles hätte ich kaputt gemacht."

*

Beim Abendbrot hatte Helene wieder keinen Appetit. Sie konnte einfach nichts herunterkriegen.

Sorgenvoll richtete die Mutter ihres Ehemannes das Augenmerk auf die Schwiegertochter: „Leni, du musst doch essen! Peter, willst du nicht endlich mit Leni zum Arzt gehen?"

„Mutter, dort war sie doch. Organisch ist sie gesund. Kerngesund sogar. Der Arzt hat sie auf den Kopf gestellt. Nichts zu finden."

„Vielleicht müsst ihr mal einen Facharzt aufsuchen. Einen Neurologen vielleicht. Oder einen Psychiater."

Helene schaute angewidert hoch. Ungewollt, ungefragt war sie Objekt, ja Opfer dieser taktlosen Unterhaltung, die über ihren Kopf hinwegging. Man sprach in ihrer Gegenwart in der dritten Person über sie wie über einen hoffnungslosen Patienten. Jetzt sollte sie wohl für verrückt erklärt werden.

„Mutter, wir werden es uns überlegen!", beschwichtigte Peter.

Zweifelnd lächelte die alte Dame und rollt ihre Serviette zusammen. „Räumt ihr den Tisch ab? Ich habe heute Abend noch etwas vor. Ich fahre in die Stadt, ins Konzert. Die Kantorei singt Chorwerke aus der Romantik. Mendelssohn vor allem, meine Lieblingsmusik. Vermacht euch was! Ihr kommt sicher auch ohne mich aus, oder?"

„Was willst du nun hören, du alte Giftmischerin", dachte Helene insgeheim, während Peter das Lächeln seiner Mutter arglos erwiderte.

*

Kurze Zeit später saßen sie vor dem Fernseher. Die Nachrichten wurden soeben verlesen, stießen allerdings weder bei Peter noch bei Helene auf die gebührende Aufmerksamkeit. Die beiden schwiegen und hingen ihren Gedanken nach.

„Vielleicht hat deine Mutter gar nicht so Unrecht", murmelte Helene schließlich vor sich hin.

„Was sagst du?", merkte Peter auf.

„Deine Mutter hat Recht. Ich lasse mir eine Therapie beim Psychologen verordnen. Es muss etwas geschehen. Ich schlafe kaum noch, mag nichts essen, fühle mich elend. Vielleicht findet ein Psychologe etwas heraus."

„Gut. Warum eigentlich nicht? Ich glaube, der Hausarzt muss dich dazu überweisen. Ich weiß es aber nicht genau. Am besten gehst du morgen früh gleich zu Dr. Reese. Der wird wissen, was zu tun ist."

*

In den nächsten Tagen und Wochen änderte sich nichts im Zusammenleben der Familie. Helene besuchte regelmäßig die Therapeutin, Peter ging ins Büro, auch die Mutter blieb unverändert freundlich oder auch nicht.

Bis zu diesem Augenblick.

„Mein lieber Peter! Kommst du mal eben bitte? Kannst du mir erklären, was das zu bedeuten hat?" Die alte Frau schien außer sich.

„Ich verstehe nicht, was dich so aufregt! Das ist eine Zeitung. Deine Zeitung, Mutter! Was ist plötzlich so Schlimmes an ihr?"

„Hier! Schau mal! So wie sie jetzt aufgeschlagen ist, war sie, bevor ich sie in die Hand nahm. Sie ist so gefaltet, dass ein ganz bestimmter Artikel oben liegt: *Frau greift zum Beil*. Lies doch mal!"

Weil er keine Lust zu einer Auseinandersetzung mit seiner Mutter verspürte, tat er ihr kopfschüttelnd diesen Gefallen.

In einem kleinen Dorf in der Lüneburger Heide wurde ein Familienvater Opfer eines schrecklichen Verbrechens. Er wurde mit einer Axt erschlagen. Die Ehefrau und ihre erwachsenen Kinder gaben die Tat ohne Umschweife zu. Er habe sie jahrelang gequält und geprügelt. Sie hätten keinen Ausweg mehr gesehen. Als er wieder betrunken nach Hause kam, haben alle Familienmitglieder bei der Vollstreckung des Todesurteils geholfen.

„Was hältst du davon, mein Sohn?", bohrte die Mutter.

„Was soll man davon halten? Verstehen kann ich die Leute!"

„Das meine ich nicht. Merkst du denn nicht, dass dieser Artikel mir gilt? Dass die Zeitung absichtlich so aufgeschlagen wurde? Und soll ich es dir sagen? Das war deine Frau, ganz bestimmt! Ich finde sowieso, dass sie sich verändert hat! Nicht zu ihrem Vorteil, Junge!"

Jetzt verlor Peter die Geduld: „Ach Mutter! Du siehst Gespenster! Und ich rate dir, verdächtige Helene nicht noch einmal. Sonst kriegst du es mit mir zu tun!"

*

Er hatte das ankommende Auto gehört und ging der in der Garage aussteigenden Helene entgegen. Sie begrüßten sich mit einem flüchtigen Kuss.

„Na, wie war es, mein Engel? Sag, hast du eigentlich das Gefühl, dass die Therapie dich weiterbringt?"

Helene nickte: „Ganz sicher!"

„Inwiefern?" Sie betraten gemeinsam das Haus. Peter half seiner Frau aus dem Mantel. „Erzähl doch mal, Engelchen!"

Er setzte sich im Wohnzimmer auf einen der Sessel und zog Helene auf seinen Schoß. „Los! Erzähl!"

„Gut. Einiges hast du doch inzwischen schon mitbekommen. Ich schlafe jetzt etwas besser und habe Appetit. Wahrscheinlich liegt das daran, dass Frau Wiene an meinem Selbstbewusstsein arbeitet. Sie hat mir eine Menge Tricks verraten. Wichtig ist, dass ich gegen alles angehe, was meine seelische Verfassung verschlechtern könnte. Was mich kaputt macht, sozusagen."

„Wie die Studenten in den Sechzigern", amüsierte Peter sich. „Macht kaputt, was euch kaputt macht! Und wie oft musst du noch zu ihr?"

Auch Helene musste lachen. Doch sofort wurde sie wieder ernst. „Sie meint: Wenn es dauerhaft wirken soll, muss die Therapie noch eine ganze Zeit weitergehen. Aber sie würde es in den Griff bekommen. Da sei sie sich ganz sicher!"

*

Es wurde Zeit, dass sie nach Hause kam. Bis zur Abendbrotzeit war es nicht weit. Helene hatte das Gefühl, als bewegte sie sich in der Schwerelosigkeit, als setzten ihre Beine die Schritte von selbst. Die Sympathie zwischen der Therapeutin und ihr hatte darin ihren Ausdruck gefunden, dass jene plötzlich „Helene" zu ihr sagte. Das gegenseitige „Du" hatte die Atmosphäre noch vertrauensvoller gemacht. Und jetzt hatte sie Freude daran, den Menschen, die ihr begegneten, ins Gesicht zu sehen.

Es gab allerdings eine Person, die unter diesem Hochgefühl zu leiden hatte. Welche Wege der Zufall manchmal geht! Aus der Entfernung musste Helene mit ansehen, wie sich in der Fußgängerzone ein junger Radfahrer mit hohem Tempo näherte. Wie rücksichtslos!

Schon war er heran und umkurvte die ältere Dame vor ihr, griff auf einmal zu, so dass die Frau stürzte, und fuhr mit rasantem Antritt, die Handtasche schwenkend, direkt auf Helene zu! He! Was soll das? Sie riss die Arme hoch. Vorsicht! Im letzten Moment jedoch suchte er den Weg seitlich um sie herum. Noch im Begriff, sich zu schützen, im richtigen Moment – schaffte es Helene, dem verdutzt dreinblickenden Übeltäter mit beiden Händen gegen den Oberkörper zu stoßen. Der flog, aus der Bahn geworfen, in einen Kleiderständer und war unter Röcken und Blusen fast verschwunden. Den Rest bis zum Eintreffen der Polizei besorgten erboste Passanten.

Kopfschüttelnd setzte Helene ihren Weg fort. „Das glaubt mir kein Mensch!“, murmelte sie vor sich hin und lächelte. Dann beschäftigten sich ihre Gedanken mit dem Abendbrot. Reichten die Vorräte an Wurst und Schinken aus oder musste sie noch zum Schlachter? Ach, die Geschäfte waren ja schon geschlossen!

Als sie zu Hause im Flur ihren Blazer auf den Bügel hängte, stand die Schwiegermutter in der offenen Wohnzimmertür. In ihrem Gesicht Missbilligung. Wofür, das mochte der liebe Himmel wissen, oder besser der Teufel. Irgendetwas hatte Helene bestimmt wieder falsch gemacht!

*

Ruhig nahm sie den Hörer in die Hand. Die Nummer des Büros hatte sie im Kopf.

„Hallo, Schatz! Komm bitte nach Hause. Es ist was Schlimmes passiert. Mit Mutter.“

Mit ein paar geübten Handgriffen hatte sie schnell wieder aufgeräumt. Das von Peters Bett ausgeliehene Kopfkissen überprüfte sie von allen Seiten auf Spuren, schüttelte es kräftig auf und brachte es zurück in den Schlafraum des jungen Ehepaars. Ein Blick in alle Richtungen – nichts, was Verdacht erregen konnte. Alles wie gewöhnlich.

Es war reine Formsache. Kurze Untersuchung, dann konnte der Totenschein ausgestellt werden. Etwas anderes als Herzversagen kam gar nicht in Frage. Akutes Herzversagen nach einem Asthmaanfall. Dr. Reese kannte die Patientin sehr gut. Ihr Herz war nicht das beste. Und ihre Allergie, Auslöser des Asthmas, hatte seine Patientin trotz aller Warnungen leider nie ernst genug genommen. Das kam häufig genug vor. Herzversagen bei einem alten Menschen – ein normaler Fall, konnte man sagen. Todesursache Nummer eins. Und in diesem Hause musste man nicht groß nachfragen. In diesem Hause lebten grundanständige Leute. Da war jede Skepsis unangebracht.

Der Doktor verließ in Eile das Haus. Eine Menge Arbeit wartete noch auf ihn. Einige Hausbesuche, und heute, am Donnerstag, die Abendsprechstunde für Berufstätige. Der Tag würde noch lang genug werden.

Nachdem Dr. Reese gegangen war, saßen Peter und Helene im Wohnzimmer und hielten sich an den Händen. Sie fröstelten. Beide mit blassem Gesicht, unruhig. Der Schreck schien bei Peter tief zu sitzen. Prüfend, doch unauffällig betrachtete sie ihn. Wie würde er damit zurechtkommen? Mit dem neuen Kapitel ihrer gemeinsamen Geschichte, dessen Beginn sie in die Hand genommen hatte? Davon allerdings würde Peter niemals erfahren.

Aber die Aufgaben der Gegenwart waren jetzt anzugehen. Sie mussten einen Beerdigungsunternehmer anrufen. Der Text für die Traueranzeige musste formuliert werden. Und schwarze Kleidung brauchten sie. Peter nahm Zettel und Stift zur Hand und notierte.

Knistern in der Hand

Sie fährt nicht los. Das macht sie nicht! Auf keinen Fall! Er hatte immer das Gefühl, dass Gwendy und er ein Herz und eine Seele wären. Sollte er sich so in ihr getäuscht haben?

Mit den beiden begann es wie aus dem Bilderbuch für Studenten. In einem Seminar war sie plötzlich da, ihm gegenüber. Dunkler Pagenschnitt, dunkle Augen, etwas blasses Gesicht. Aber hübsch! Hatte er sie bisher nicht wahrgenommen? Das konnte er sich kaum erklären. Es dauerte mehrere Veranstaltungen *Begabung und Lernen im Kindesalter*, in denen Sunke sie mit den Augen verfolgte. Unauffällig, wie er meinte. Doch das war eine Illusion. Frauen bekommen so etwas mit. Dafür ist ihnen offenbar eine gut funktionierende Antenne eingebaut.

Wenn sie nicht den Platz neben sich mit sturer Dickfelligkeit gegen die Versuche mehrerer Besetzer verteidigt hätte, wäre es nie etwas geworden mit ihnen. Zum Glück sah er die Chance als schicksalsgegeben. „Ist hier noch frei?" Seine Frage war alles andere als intelligent. Seit wann fragte man wie im Kino, ob ein Seminarplatz frei wäre, auf dem niemand saß? Man setzte sich üblicherweise hin, wo Platz war. Ohne sich um die Grenzbereiche zu kümmern.

Alles Übrige regelte Gwendy ebenfalls. Dass er sie einlud in die Mensa, dass sie den Rest des Tages gemeinsam verbrachten, zumal sie zufällig den gleichen Veranstaltungsplan für die Stunden bis zum Abend hatten. Behauptete sie zumindest. Kapiert hatte Sunke an diesem Tage nicht viel von dem, was er eigentlich hören und aufnehmen, also lernen sollte. Die ungewohnte Situation, die Aufregung, das Glücksgefühl in Form eines rasenden Pulses verhinderten die Konzentration auf das Wesentliche. In diesem außergewöhnlichen Falle musste es erlaubt sein, das eigentlich Wesentliche ausnahmsweise auf Rang zwei zu verweisen. Die Liebe geht vor. Nicht so schlimm; was man nicht speicherte, konnte man ohnehin alles nachlesen.

Es dauerte eine geraume Zeit, Wochen fast, bis sein Herzschlag sich wieder annähernd normalisierte und Sunke in der

Lage war, in den Veranstaltungen zu begreifen, über was gesprochen wurde.

Bald beschlossen sie, nicht nur die Tage gemeinsam zu verbringen, so weit es das Studium zuließ. Er kündigte seine Wohnung fristgerecht und mietete sich bei Gwendy ein. Auch alle übrigen Kosten wurden durch zwei geteilt. Sie verstanden sich gut, waren glücklich miteinander, und nichts ließ befürchten, daran könne sich etwas ändern.

Zur ganz großen Erfüllung fehlte ihm nach einiger Zeit nur noch, sie seinen Eltern und den nächsten Verwandten vorzustellen und ihr seine ostfriesische Heimat zu zeigen. Seltsam, dass sie dafür nicht zu begeistern war. In dieses Bild passte allerdings, dass sie von ihrer eigenen Familie kaum sprach und eine wegwerfende Geste machte, wenn auf ihre Eltern das Gespräch kam. Trotz allem gab sie seinem Wunsch eines Tages nach und fand sich wieder mit ihm auf der Autobahn Richtung Ostfriesland.

Während der eintönigen Verfolgung vor ihnen fahrender Leidensgenossen erzählte Sunke seinem Mädchen von den Eigentümlichkeiten der Heimat, von den Deichen, von Marsch, Moor und Geest, von den Sielen, den Wallhecken, von Ebbe und Flut und von Tagen, in denen man bei guter Sicht auf dem Deich stehend sich einbildete, durch die Fensterscheiben bis in die Inselhäuser schauen zu können. Oder von Sturmfluten, die alles, was nicht durch Deiche und Flutmauern gesichert war, unter Wasser setzten. Er begeisterte sich dermaßen bei seinem Bericht, dass Gwendy ihn erstaunt von der Seite musterte. Diesen Sunke hatte sie bisher noch nicht kennen gelernt.

Mit viel Liebe sprach er über seine Eltern, die voller Stolz seinen beruflichen Weg verfolgten, sein Studium, seine ersten Unterrichtserfahrungen im den Praktika, von denen er ihnen berichtet hatte. Seinen Großvater beschrieb er ihr, einen knorrigen, erdverbundenen alten Mann, der das Maurer- und Zimmererhandwerk gelernt hatte, sich mit Obstbaumveredelung auskannte, zuletzt als Postbote gearbeitet und eine kleine Nebenerwerbslandwirtschaft betrieben hatte.

Noch heute fütterte er einige Hühner und zwei Schweine in einem selbstgebauten Ställchen. Das Schönste an einem Besuch beim Großvater wären gekochte Eier, die man sonst nirgends so frisch auf den Tisch bekäme. In früheren Jahren, wenn er sich von einem Besuch verabschiedete, hatte der Opa zudem einen ganz speziellen Händedruck. Zwischen den Innenflächen der beiden Hände knisterte es dann. Erst draußen schaute Sunke dann immer unauffällig nach, was für Ziffern auf dem Geldschein zu erkennen waren. Und lumpen ließ sein Opa sich wahrlich nicht.

Die erste Station nach Ende der Autofahrt war sein Elternhaus, Mutter und Vater, die ihren Sohn vor Freude in den Arm nahmen. Gwendy wurde mit Handschlag begrüßt, als Sunke sie den Eltern vorstellte. Bei einer Tasse Tee wurden zunächst einige Freundlichkeiten ausgetauscht. Doch dann brachten die Eltern zu Sunkes Missfallen das Thema Heiraten zur Sprache. Verärgert erhob sich Gwendy und fragte nach der Toilette. In leisem Ton redete der Sohn auf die Eltern ein, dieses Thema doch bitte zu unterlassen. Aber er würde doch mit ihr in einem Zimmer übernachten, wie er sie am Telefon schon vorbereitet hatte. Müsste man nicht wenigstens die Absicht erklären, irgendwann demnächst die Sache legal zu machen? Sie zuckten zusammen, als Sunke aufstöhnte: „Wo lebt ihr eigentlich?“ und sie bat, auf keinen Fall weiter davon zu sprechen.

Bei Opa und Tante Martha lernte Gwendy eine völlig andere Welt kennen. Während Onkel Georg seine Schicht bei VW arbeitete, war die Tante ihrem Vater ausgeliefert. Ganz besonders, wenn Besuch kam, drehte der Alte auf. Früher fand Sunke die Art lässig, wie der Opa das linke Bein über die Stuhllehne hängen ließ. Dabei moserte er: „Wat good, dat Kook up de Tafel kummt. Martha hör Middageten, segg ik jo, dat kunnst neet runnerkriegen …“ Er schüttelte sich demonstrativ. „As ik de Resten in d' Trogg smeet, schüddelden sogaar de Swienen de Kopp!“

Sunke lachte, doch ganz wohl war ihm nicht dabei. So amüsant wie früher fand er es nicht mehr. Etwas mürrisch schaute Gwendy sich das an. Störte sie sich daran, dass der Opa seine Späße mit seiner Tochter trieb? Oder lag es an der plattdeutschen Sprache, die sie vermutlich nicht gut verstand?

In der Nachbarschaft des Großvaters lebten Onkel Jakob und Tante Elfriede. Sunkes Eltern hatten geraten, auch bei ihnen kurz hineinzuschauen. Die wären so empfindlich und nachtragend, wenn sie den Eindruck haben müssten, weniger gefragt zu sein. „Wi reken woll neet för vull!“, hätte es schon geheißen. Wären sie doch trotzdem weggeblieben! Weil Sunke nichts

Schlaueres einfiel, frotzelte er seinen Onkel an: „Na, wie gefällt dir Gwendy?“

„Hest du noch ’n Böskupp?“, fragte er verschmitzt. „Laat se man ’n paar Stünnen bi mi, denn segg ik di Bescheed!“ Unverschämter Kerl!

Einige Kilometer weiter noch Tante Rika und Onkel Heini. Als hätten sie schon gewartet, kam Leben in die drei Kusinen. Tante Rika zeigte ganz kurz auf den Geschirrschrank, Teetopf und Wasserkessel, und schon lief ein Arbeitsgang ab mit der Perfektion eines Uhrwerks. Methode ‚Stiller Impuls‘, aus dem letzten Schulpraktikum bekannt. Gwendys Blick traf auf Sunke. Er hatte wohl den gleichen Gedanken.

Zum drittem Mal am heutigen Nachmittag also Tee. Das sich dabei entwickelnde Gespräch konnte gar nicht Gespräch genannt werden. Es entstanden mehr Pausen, in denen peinliches Schweigen alle um den Tisch herum drückte und zu belanglos dummen Fragen führte: „Wie lange müsst ihr noch studieren? Macht das Spaß? Ist Studieren teuer?“ Wahrscheinlich fiel den vor sich hin Starrenden, die Teetassen intensiv Betrachtenden ein Stein vom Herzen, als Sunke plötzlich anmahnte, sie müssten los. Um sechs gäbe es Abendbrot zu Hause.

Auf dem Rückweg fiel ihm nichts ein. Und Gwendy wollte lieber nichts sagen. Doch dann brach es aus ihr heraus: „Sunke, lass uns noch heute zurückfahren, nach Göttingen! Ich halte das nicht länger aus. Es wird plattdeutsch geredet, damit ich nicht alles verstehe. Und trotzdem habe ich alles mitgekriegt. Ich weiß: Man kann sich seine Verwandten nicht aussuchen. Was glaubst du, warum ich dir meine Familie noch nicht vorgeführt habe. Das wäre das Letzte!“ Und noch inständiger drängte sie ein weiteres Mal: „Lass uns nach Hause fahren!“

„Gwendy, wie stellst du dir das vor? Das kann ich nicht machen. Meine Eltern wärden tief enttäuscht!“

„Ja, und was ist mit mir? Ich bin auch tief enttäuscht. Zum Beispiel über das, was ich mir von deinem ekelhaften Onkel bieten lassen musste. Wenn du nicht mit willst, fahre ich allein. Du kriegst doch Bafög. Also bist du deinen Eltern nichts schuldig.“

Damit war der Freund nicht einverstanden: „Ich bin ihnen allerhand schuldig. Sie haben mich Abitur machen lassen und meine Pläne zu studieren immer unterstützt. Und ein bisschen Dankbarkeit haben Eltern grundsätzlich verdient!“

„Ach, du gehörst zu mir. Ich will dich mit keinem anderen teilen. Auch nicht mit deinen Eltern. Mit keinem! Du hast mich doch auch allein. Ohne Familienanhängsel!"

Missmutig schüttelte Sunke den Kopf und schwieg. Vor dem Elternhaus angekommen, stoppte er den alten Golf auf der Garagenzufahrt. Gwendy stieg aus, eilte mit einem knappen, kühlen „Hallo" an der Mutter vorbei, die gerade die Haustür geöffnet hatte, weil sie die Ankunft mitbekommen hatte.

Sie schaute verdattert dem Mädchen nach. Schnell sprang Gwendy die Treppe im Haus empor, packte mit wenigen Handgriffen ihre Reisetasche und war schon wieder unten, den Zweitschlüssel des gemeinsamen Autos in der Hand.

Vor Sunke stoppte sie: „Kommst du nun mit oder nicht?"

Er versuchte, sie am Arm festzuhalten. Sie machte sich mit einem Ruck los. Ratsch!, riss der Ärmel ihrer Seidenbluse auf. „Nein!" Sie schaute auf die herabhängenden Fetzen. „Das fehlte noch, verdammt! Die schöne Bluse! Du machst alles kaputt! Ich hasse dich!"

Sie rannte zum Auto weiter und öffnete die Fahrertür.

Er rief hinter ihr her: „Mach keinen Aufstand. Das lohnt doch nicht!"

Mit viel zu viel Kraft warf sie ihre Tasche auf den Beifahrersitz, so dass ihre Sachen im Fußraum landete. Dann ließ sie sich hinter den Lenker fallen und knallte die Tür zu.

„Keine Minute bleibe ich länger hier!", rief sie, durch die geschlossene Tür kaum zu verstehen. Und mehr zu sich selbst: „Ich fahre los. Ich lasse mich von keinem zu etwas zwingen. Von keinem hier!"

Trotzig stellte sich der Junge hinter das Auto. Übersah er das warnende weiße Rücklicht? Gwendolina hatte schon den Rückwärtsgang eingelegt. Sunke wich nicht. Sie musste ihn doch im Spiegel erkennen. Sie würde nicht starten, diese sture Göre! Auf keinen Fall! Das tust du nicht, Gwendy!

Sie schaute in den Spiegel über dem Lenkrad. Verschwinde! Mach den Weg frei, du ostfriesischer Dickschädel! Stell mich nicht auf die Probe! Ich muss hier weg! Auch wenn ich dich dabei ... Du bleibst nicht stehen! Ich weiß das. Der geht zur Seite. Muss er ja!

Sie gab Gas. Die Mutter, etwas entfernt in der Haustür, schrie: „Pass auf!“ und riss die Hände vor das Gesicht!

Gwendy hatte den Ablauf in Gang gesetzt. Jetzt hilflos, wie gelähmt, unfähig, ihn aufzuhalten.

Gleichzeitig mit dem furchtbaren Knall trat sie endlich auf die Bremse. Sie sah, in den Spiegel starrend, auf dem Rückfenster Sunkes rotblau gestreiftes Polohemd, das langsam abwärts rutschte. Als wanderte die Filmkamera weiter über das Objekt, folgte wie auf dem Fernsehschirm das Zerrbild eines Gesichts. Des Gesichts, das sie liebte. Mit ungläubig aufgerissenen Augen, mit Blut unter der Nase. Dann nur noch weißer Bildschirm.

Gwendy war auf dem Autositz festgeklebt. Sie wollte hinaus – es ging nicht! Sie starrte auf ihre Hände, die das Lenkrad umklammerten. Sie starrte auf den Ring, den Sunke mit ihr zusammen ausgesucht hatte. In einem Geschäft in Göttingen. Vor der Abfahrt nach Ostfriesland.

Gespenster

Ohne diesen anonymen Anruf aus Emden hätte er die Akte gar nicht auf seinen Tisch gekriegt. Warum konnten die Menschen nicht ihren Namen sagen? Weil sie selbst Dreck am Stecken hatten. Oder zu feige waren. Die Anruferin behauptete, auf einem Foto in der Auricher Zeitung die *große Unbekannte* wiedererkannt zu haben. Diese Frau sollte die Verletzte zum Krankenhaus gefahren und angedeutet haben, dass ein Sturz von der Kellertreppe die Ursache der Bewusstlosigkeit sei. Vor der Aufnahme der Personalien sei sie verschwunden gewesen. Aber womöglich waren in der Notaufnahme Fehler gemacht worden.

Jan Emken war sich im Klaren darüber: Auch andernorts kam vor, dass Formulare verschlampt wurden, auch bei ihm in der Dienststelle. Bedauerlich nur, dass die Verletzte einige Tage später gestorben war, ohne aufgewacht zu sein. Na gut, dann ging er der Sache eben nach. Die Anruferin aufzuspüren und ihr auf den Zahn zu fühlen, schien ihm nicht so schwierig. Sie konnte nur zum Umfeld der Klinik gehören, logischerweise. Woher sollte sie sonst die Informationen erhalten haben?

Gleichzeitig musste er sich die Mitglieder des Ostfriesischen Bachchores intensiv vornehmen, um den Hintergrund der Geschichte kennen zu lernen. Acht Frauen, je vier Soprane und Alte, dazu sechs Männer, Tenöre und Bässe. Schließlich war das fragliche Foto während einer Aufführung des Chores in Aurich aufgenommen worden. Er hatte ihnen Termine vorgeschlagen, aus denen sie sich die für sie günstigste Zeit auswählen konnte. Wegen eines anonymen Anrufes musste man nicht gleich in Panik verfallen. Solange das Gegenteil nicht bewiesen war, ging er weiter von einem Unglücksfall aus.

Sein erster Gast war Tenorsänger. Ein kleines Kerlchen, Heiko Meine. Dass der überhaupt singen konnte! Viel sagen konnte er jedenfalls nicht. Mit der Verunglückten, mit Frau Dettmers, hätte er nie Kontakt gehabt. Er unterhielte sich eigentlich nur mit Franz Freese, der beim Singen immer neben ihm saß oder stand. Aber den würde er nicht besonders mögen. Ein Angeber, Frauenheld. „Wenn ich die pralle Dettmers so sehe, juckt mir gewaltig die Säbelspitze", habe er mehrmals getönt. Hunde, die bellen, beißen nicht, wäre dem Meine dazu nur eingefallen. Und der Freese kläffte ganz ekelhaft.

Der Nächste war der Chorleiter, Kurt Mühlenbrock. Ihm sah man die Erschütterung noch an. „Ich kann es immer noch nicht glauben. Fanny Dettmers hatte eine wunderbare Stimme. Die hätte auch auf der ganz großen Konzertbühne Karriere machen können. Aber sie hat geheiratet und Kinder gekriegt. Kinder sind das Schlimmste! Was Schlimmeres gibt es nicht für eine Künstlerkarriere!"

„Wann haben Sie Frau Dettmers das letzte Mal gesehen?"

„Samstag, bei der Generalprobe. Sie war wieder phantastisch. Ich habe ihr hoch angerechnet, dass sie ihren Urlaub auf Juist unterbrochen hat, um mit uns zu singen. Mann und Kinder hat sie sogar auf der Insel gelassen und ist extra zum Konzert herübergeflogen. Und ihr Solo klappte in der letzten Probe ganz hervorragend."

„Was passiert normalerweise nach einer Generalprobe?"

„Nichts Besonderes. Jeder fährt nach Hause, nehme ich an, und tut nichts, was der Stimme schadet. Zu viel Alkohol trinken zum Beispiel."

Er beschrieb die Stunde vor dem Konzert. Alles hätte auf Fanny gewartet. „Um sieben sollte wie üblich das Einsingen beginnen. Aber von Fanny keine Spur. Sie war eigentlich immer ein Vorbild an Pünktlichkeit. Ich hatte gleich so ein komisches Gefühl. Da musste etwas passiert sein. Eine Viertelstunde vor Konzertbeginn musste ich wohl oder übel umdisponieren. Zum Glück beherrscht Kati den Solopart auch. Die konnte also einspringen. Und sie hat es ja auch ganz toll gemacht. Sonst wäre es eine Katastrophe gewesen! Wir hätten den Höhepunkt des Konzertes, die Hymne von Mendelssohn, streichen müssen! Nicht auszudenken! Kati hat uns gerettet, das kann man so sagen."

Einige der Chormitglieder, die Jan Emken anschließend zu befragen hatte, machten einen derart desinteressierten Eindruck, dass man nur mit dem Kopf schütteln konnte. Sie sagten übereinstimmend, von der ersten Reihe aus würde man beim Singen kaum etwas von denen der hinteren Aufstellung mitkriegen, und umgekehrt sagten die von hinten das gleiche über diejenigen, die vorn standen. Im Übrigen würden sie sich nur um ihre eigenen Sachen kümmern. Jan Emken hatte immer angenommen, Chorsänger wären dicke Freunde. Denkste! Aber zu verbergen hatten die sicher genauso wenig wie der Chorleiter.

Bis zum nächsten Termin war noch etwas Zeit. Gerade so viel, dass er sich das Haus der Familie Dettmers in der Nähe von Wiesmoor und eventuell die Nachbarn näher ansehen konnte. Eine sehr gepflegte Auffahrt, alleeartig, und das Haus – alle Achtung. Die lebten nicht schlecht. Wenn sie noch lebten. Er klingelte. Niemand zu Hause, wie erwartet. Der nächste Bauer war einige hundert Meter entfernt. Er saß oben auf einem riesigen Trecker und startete Richtung Hofausfahrt. Jan Emken konnte ihn durch Zuwinken noch stoppen.

„Ich habe einige Fragen an Sie. Haben Sie einen Moment Zeit? Emken, Kripo Aurich."

„Ach, es geht sicher um die Frau Dettmers!" Dabei wies er mit dem ausgestreckten Daumen über die Schulter zum Anwesen hinüber. „Viel kriegt man von denen nicht mit. Nur eins ist komisch. Ab und zu, nicht sehr oft, aber eigentlich immer nur, wenn der Mann in seiner Apotheke in Aurich ist, dann steht ihr Renault vor der Tür."

„Und was ist daran ungewöhnlich?"

„Ja, es ist ungewöhnlich, dass ihre Garage dann ein anderes Fahrzeug aufnimmt. Das soll sicher keiner sehen, denke ich."

„Also Herrenbesuch, außer der Reihe?"

Der Bauer zuckte die Achseln und grinste vieldeutig.

„Haben die Dettmers nicht Kinder?"

„Der Apotheker bringt die beiden Kleinen nach Wiesmoor in den Kindergarten und fährt weiter nach Aurich. Zu seiner Goldgrube."

Das war ganz neu. Die großartige Sängerin, die Apothekersgattin, auf Abwegen. Vielleicht mit dem Tenor Franz Freese? Vielleicht bellte der doch nicht nur!

Mehr als zwei Stunden hatte die Exkursion ins Moor nicht gedauert. Er saß wieder an seinem Schreibtisch und notierte sich einige Einzelheiten. Es klopfte. Durch den geöffneten Türspalt lugte eine junge Dame, hübsch das Gesicht! Er schaute auf seine Liste.

„Schätze, Sie sind die Katharina Bantz! Kommen Sie herein!" Endlich mal etwas Nettes hier im Büro!

Er wies ihr einen der wenig komfortablen Stühle zum Sitzen zu. „Dann erzählen Sie mal: Wie gut kannten Sie Frau Dettmers?"

Katharina Bantz legte gleich los. Zu Jan Emkens Überraschung hatte sie eine Menge loszuwerden. „Fanny und ich waren Freundinnen, seit der Schule. Wir haben gemeinsam das Abitur gebaut und in Oldenburg studiert. Grundschullehramt. Und gemeinsam gesungen, wie jetzt im Ostfriesischen Bachchor. Nach dem Studium hat sie leider diesen Apotheker geheiratet. Ist gar nicht erst in den Schuldienst gegangen. Unbegreiflich. Nicht mal das Referendariat hat sie gemacht, keine zweite Prüfung. Nur noch der Mann und die Kinder existierten für sie. Schade. Das war das Ende unserer Freundschaft."

Wie alt mochte sie wohl sein? Ein paar Jahre jünger als er, schätzte Jan Emken. Er blätterte verstohlen in den Unterlagen. Richtig. Fast dreißig.

„Mit dem Ehemann verstanden Sie sich wohl nicht so gut."

Katharina lachte bitter. „Von Verstehen konnte keine Rede sein. Fanny hat immer verhindert, dass ich überhaupt mit ihm ins Gespräch kam. Aber darauf legte ich auch keinen gesteigerten Wert."

„Können Sie sich eigentlich vorstellen, dass Ihre Freundin – ehemalige Freundin – außerhalb der Ehe ... wie soll ich sagen ... noch ein weiteres Duett angestimmt hat?"

„Herr Emken!" Gespielte Entrüstung. Aber gleich darauf nachdenklich. Abwägend formulierte sie langsam: „Das halte ich für ziemlich ausgeschlossen. Nein, ich glaube nicht." Doch dann kam Bewegung in die Mimik. Es blitzte auf in ihrem Gesicht: „Aber weiß man, wer so alles unter einer Decke steckt? Nachdem – na, lassen wir das lieber!"

War das ein munteres Persönchen! Jan Emken spürte ein leichtes Knistern zwischen ihnen. O là là! So machte die Arbeit wieder Spaß. Vielleicht lade ich sie mal zum Essen ein, dachte er nebenbei. Streng dienstlich natürlich. Ein paar Fragen fielen ihm sicher noch ein. Als Aperitif.

„So, Frau Bantz. Jetzt habe ich eine ganz wichtige Frage an Sie. Wo waren Sie am Sonntag vor dem Konzert? Sagen wir, von 10 bis 16 Uhr."

„Da brauche ich gar nicht lange zu überlegen. Vor einem Konzert kann man sich kaum etwas vornehmen, da die Stimme geschont werden muss. Kälte wäre zum Beispiel Gift für die Stimmbänder. Ich war zu Hause. Habe gelesen. Mir was zu essen gekocht. Mich ausgeruht. Nachmittags Stimmübungen gemacht. Und mich auf das Konzert gefreut."

Jan Emken nickte. „Genau so habe ich mir das gedacht." So redete natürlich niemand, der etwas verbrochen hatte. Die Anruferin aus Emden musste Gespenster gesehen haben. Katharina Bantz kam auch nicht in Frage.

Viel Lust blieb ihm nicht, den Fall noch weiter zu verfolgen. Das Wochenende stand vor der Tür, und er freute sich auf das Heimspiel vom SV Werder. In der Menge unterzutauchen, nicht Kommissar Emken zu sein, das gefiel ihm ganz besonders. Und er musste sich eingestehen, dass er ein bisschen darauf spekulierte, diese Katharina später oder am Sonntag irgendwo anzutreffen. Zufällig. In einem Bistro vielleicht. Das wäre nach seinem Geschmack! Eisen schmieden ...

Aber nichts von alledem! Werder spielte 0:0, und von einem Zufallstreffen mit Katharina keine Spur. Also wurde es Montagmorgen, nach einem Wochenende ohne Highlight.

Weil es ja doch nichts half, nahm er sich vor, als nächstes nach Emden zu fahren. Aber er ließ es langsam angehen. Erst mal durch die Fußgängerzone und eine Sportzeitung kaufen. Mal sehen, ob die Presse seine kritische Beurteilung des Bremer Spiels teilte. Beim der Suche nach dem Spielbericht, mitten auf der Straße, mit aufgeblätterter Zeitung – plötzlich ein Ticken auf seiner Schulter. Er drehte sich um. Sie war es! Sie strahlte ihm ins Gesicht.

„Wie wär's zum Einstieg in die Woche mit einem Kaffee?", schlug sie vor. „Den da drüben in dem Bistro kann man trinken."

„Ja! Klar! Das wäre genau das Richtige!"

Aus einer Tasse Kaffee wurden mehrere. Sie redeten und redeten. Über die Arbeit, über die Kollegen – über alles Mögliche.

Plötzlich räusperte Jan Emken sich. „Mir fällt da gerade etwas ein. Zu dem Konzert. Sie mussten doch kurzfristig den Part von Frau Dettmers übernehmen. Wie war das eigentlich? Kann man das so aus dem Ärmel schütteln als Sängerin?"

„Gute Frage", begann Katharina Bantz langsam und versuchte, die richtige Antwort zu formulieren. „Einige Mitglieder des Chores haben so gute Stimmen und sind auch technisch so versiert, dass sie das können. Dazu zähle ich mich auch. Aber man muss auch die Nerven dazu haben. Das Lampenfieber in den Griff kriegen. Das ist mein größtes Problem. Ich konnte ja schlecht nein sagen. Dann hätten wir die Hymne weglassen müssen, das Zuckerstück der Aufführung. Aber bis zuletzt habe ich gehofft, dass Fanny doch noch auftauchte. ‚Tut mir leid – ich hatte eine Panne' oder so.

Jan nickte. Auch das passte ins Bild, das er sich von der ganzen Geschichte gemacht hatte. Also klönten sie weiter über Gott und die Welt und konnten fast kein Ende finden. Die Gesichter rückten bedrohlich näher aneinander. Gut dass der runde Tisch noch zwischen ihnen die Grenze markierte.

Schließlich warf Katharina einen Blick auf die Uhr über der Theke. „So, ich muss gleich los. Aber das wollte ich dir noch zeigen!" Dir – sie sagte es ganz ohne Vorankündigung. Etwas dreist, aber – wunderbar! Jan Emken, bleib cool!, mahnte er sich. Sie kramte in ihrer Tragetasche. „Ich war gerade im Reisebüro. Hier, schau mal: Rhodos. Da will ich hin. Wäre das nicht auch was für dich? Für mich wird es Zeit. Wir sehen uns!" Weg war sie.

Draußen sog er frische Luft ein. Die brauchte er dringend. Sollte das da gerade eine Einladung zu einem gemeinsamen Urlaub sein? Er war nahe daran, den Kopf zu verlieren. Junge, pass auf! Erst die Arbeit, dann das Vergnügen!

So spät wie heute war er noch nie zum Dienst erschienen. Das machte aber nichts, für seine Nachforschungen musste er das Dienstgebäude ohnehin häufig genug verlassen. So konnte es ja auch heute der Fall gewesen sein. Also nach Emden. Auf der Bundesstraße musste er sich zusammennehmen und sich auf den Fall Dettmers konzentrieren. Immer wieder schob sich dieses hübsche Gesicht dazwischen. Rhodos. Bikini. Er würde wohl den Bauch einziehen müssen.

In Emden angekommen, stellte er seinen Dienstwagen auf dem einzigen noch freien Parkplatz eines Arztes ab. Das Schild *Kriminalpolizei* würde sicher dessen Entrüstung mildern. Er vermutete, dass er nur die Belegschaft des Krankenhauses unter die Lupe nehmen musste, in das die Dettmers eingeliefert worden war. Vielleicht sogar nur die Notaufnahme. Wer weiß, warum die Dame am Telefon anonym bleiben wollte.

Mit dem Kripoausweis in der Hand war es ein Leichtes, Einsicht in die Dienstpläne zu bekommen. Schnell hatte er herausgefunden, dass Schwester Lisa in der fraglichen Zeit Dienst hatte. Sie war aber dummerweise nicht im Hause. Ein Anruf in ihrer Wohnung hatte Erfolg. Also machte sich Jan Emken auf den Weg. In Larrelt wohnte Schwester Lisa. Die Adresse hatte er, aber nicht ihren Familiennamen, verflixt.

Ihm bot sich ein Ratespiel mit fünf Klingelknöpfen. Auf gut Glück drückte er bei L. Evers/K. Willms. Das L. konnte für Lisa stehen.

Oben öffnete eine junge Frau die Tür der Etagenwohnung.

Jan Emken fiel mit der Tür ins Haus: „Schwester Lisa?“

Die Angesprochene nickte. Jan kramte das Konzertfoto der Auricher Zeitung und seinen Dienstausweis hervor. „Welche von diesen Frauen ist es Ihrer Meinung nach gewesen?“

„Bitte kommen Sie herein. Nehmen Sie Platz.“ Die Wohnung machte einen sehr ordentlichen Eindruck.

Schwester Lisa versuchte gar nicht zu leugnen, dass sie anonym bei der Polizei angerufen hatte.

„Herr – Emken, nicht wahr? Ich vertraue auf Ihre Diskretion. An dem fraglichen Sonntag habe ich etwas gemacht, was verboten ist. Die Patientin wurde unglücklicherweise hergebracht, als ich meine Station kurzfristig verlassen hatte. Es gab Ärger mit einem Arzt aus der Chirurgie. Privaten Ärger. Ich möchte nicht, dass mein Freund davon erfährt. Ich hoffe, Sie respektieren das!“

„Ich werde versuchen, Ihre private Angelegenheit da herauszuhalten. Das dürfte kein Problem sein. Aber jetzt zur Sache.“ Jan Emken legte ihr noch einmal das Foto vor.

„Die mit dem Blumenstrauß war es. Todsicher. Bevor ich die Personalien der Bewusstlosen aufnehmen konnte, entfernte sich die Frau. Um ihr Auto vor der Notaufnahme auf einen Parkplatz zu fahren, wie sie sagte.“

„Sind Sie sicher? Die Frau mit dem Blumenstrauß verbeugt sich doch gerade.“

Sie sei sich trotzdem sicher.

„Gab es sonst noch etwas, was Ihnen auffällig erschienen ist?“, fügte Jan Emken routinemäßig hinzu.

„Ja, natürlich! Eine Bewusstlose transportiert man normalerweise nicht im Pkw. Die gehört in den Rettungswagen."

Jan Emken bedankte sich und machte sich auf den Rückweg. Was er da gehört hatte, schmeckte ihm überhaupt nicht. Aber war diese Aussage ernst zu nehmen?

Er steuerte den nächsten Parkplatz an und kramte das Foto noch einmal heraus. Über die Auskunft ließ er sich die Nummer der Auricher Zeitung geben. Nach einigen Fehlleitungen hatte er endlich die betreffende Redakteurin an der Strippe. Wer die Dame mit dem Blumenstrauß gewesen sei? Ja, die war's. Nein, kein Zweifel.

Er sortierte die Fakten. Nehmen wir mal an, die Frau Dettmers ist nicht in Emden, sondern in ihrem Hause zu Schaden gekommen, überlegte er, als der Motor wieder auf Touren gekommen war. Warum wird sie nach Emden und nicht nach Aurich in die Klinik gefahren und damit das Risiko vergrößert? Warum wird der Rettungsdienst nicht gerufen? Darauf gab es nur eine Antwort: Weil eine Straftat verheimlicht werden soll. Und darum natürlich auch die Identität der Täterin und die der Verunglückten.

Was sein Verstand da produzierte, passte ihm überhaupt nicht in den Kram! Ein Gefühl der Enttäuschung drückte ihm auf den Magen. Hatte er sich an der Nase herumführen lassen? War er benutzt worden? Hübsche Weiber würden noch mal sein Verderben sein!

Im Büro setzte er sich an seinen Schreibtisch und stützte sein Gesicht mit den Händen ab. Verdammter Mist!

Zur Sicherheit suchte er die Telefonnummer des aufmerksamen Nachbarn im Moor in seinem Notizbuch. Saathoff hieß er, richtig. Der war gleich dran. Am Sonntagvormittag vor einer Woche? Ja, das konnte sein. Ja, da stand ein fremdes Auto vor dem Haus der Dettmers. Er glaubte auch gesehen zu haben, dass eine junge Frau kurze Zeit später wieder eingestiegen war, aber entgegen seiner Erwartung nicht weggefahren sei, sondern den Wagen in den Sichtschutz der Bäume vor das Haus gefahren hatte. Anschließend sei er ins Haus gegangen, um sich den Presseclub anzugucken. Im Fernsehen. Kurz vor zwölf.

Es war klar – der Soloauftritt! Ihm blieb nichts übrig, er musste Katharina Bantz einen Besuch abstatten. Einen Besuch, dessen Anlass er sich ganz anders erhofft hatte. Mit strahlendem Lächeln öffnete sie die Haustür. „Ach, Jan! Schön, dass du da bist. Ich habe gerade an dich gedacht. Hast du Appetit auf 'ne Tasse Tee?"

Sie sah ihn an, versuchte, den Ausdruck auf Jan Emkens Gesicht zu deuten. Sie stutzte, schüttelte langsam den Kopf. Tränen. Kein Zweifel – es war aus! Sie hatte verloren.

NACHBARSCHAFTSHILFE

„Frau Bart? Dagmar Bruns. Von der Kripo. Waren Sie es, die bei uns die Vermisstenmeldung aufgegeben hat?"

Kopfnicken. „Ja. Kommen Sie herein."

Eilfertig schloss die Hausherrin den Eingang hinter dem Gast und wies auf die geöffnete Wohnzimmertür: „Bitte nehmen Sie Platz. Darf ich Ihnen etwas anbieten?"

„Danke. Sie vermissen Ihren Mann. Hans Bart. Ist das richtig?"

Erneutes Kopfnicken. Währenddessen setzten sich beide in die Sessel um einen Couchtisch herum.

„Dann erzählen Sie doch mal, was passiert ist."

„Ja, was soll ich da sagen? Mein Mann ist weg. Seit drei Tagen. Einfach verschwunden." Ihre Augen begannen zu schwimmen, füllten sich weiter, bis die Tränen sich freie Bahn verschafften. „Entschuldigen Sie bitte!" Sie drehte sich zur Seite, während sie mit spitzen Fingern ein Papiertaschentuch herauszupfte, die Augen sorgsam tupfend trocknete und schließlich die Nase putzte.

Währenddessen ließ die Beamtin von der Kripo die Blicke wandern. Sie verharrten in der Zimmerecke. Leicht vornübergeneigt hing dort ein Kruzifix, ungewöhnlich für diese Gegend. Ließ auf ein religiöses Haus schließen.

Dagmar Bruns schwante nichts Gutes. Knapp dreißig Prozent der Vermisstenmeldungen entpuppten sich als Suizidfälle, stand gerade in der letzten Gewerkschaftszeitung. Lieber Gott, das fehlte noch!

Gesine Bart hüstelte und steckte das Taschentuch in die Jeans. „Zuerst habe ich mir ja nichts dabei gedacht. Konnte ja sein, dass er allein sein wollte. Seit er wieder zu Hause war, merkte man ihm an, dass alles anders war als früher."

Die Beamtin von der Kripo hakte ein: „Wieso das? Wieso anders als früher?"

„Ach, vor ein paar Tagen ist Hans doch erst entlassen worden. Fünf Monate hatten sie ihm aufgebrummt."

„Wofür?"

„Unfall. Fahrlässige Körperverletzung mit Todesfolge. Er hatte Alkohol getrunken."

Kleine Pause.

Die Polizistin beobachtete ihre Gesprächspartnerin, wie sie vorsichtig die Wörter zu Sätzen zusammenbaute. Eine junge Frau. Etwas blass. Männer finden blasse Frauen interessant, hatte sie mal gelesen. Gewisse Damen müssten deshalb sogar die Sonne meiden. Halt, Daggi Bruns, jetzt gehst du zu weit. Was hat das mit diesem Fall hier zu tun?

„Erzählen Sie weiter!"

Die Aufgeforderte holte Luft: „Also, er kam nach Hause. Gestern ist es genau zwei Wochen her. Er sah nicht gut aus. Blass. Mager geworden. Der war früher ein Knust, sage ich Ihnen. Den konnte nichts umwerfen."

Sie lehnte sich im Sessel zurück: „Na ja, ich machte uns eine Tasse Tee, und er saß nur da, den Kopf in die Hände gestützt. Sagte nichts. Na komm, habe ich ihn aufgemuntert. Ist doch nun vorbei. Er guckte mit gesenktem Kopf zu mir herauf. Ein Stück Elend, kann ich Ihnen sagen. Und dann kam er damit heraus. Der Tod dieses Mädchens, fünfzehn Jahre war sie, der Knall auf die Scheibe, überall Blut. ‚Ich sehe es immer wieder vor mir', stöhnte er."

Wie um ihren Worten mehr Nachdruck zu verleihen, beugte sie sich vor, näher zum Gesicht der Polizistin.

„Er wurde da nicht mit fertig. Er hat mich gebeten: ‚Du musst Geduld mit mir haben', hat er gesagt, gebettelt hat er. ‚Ohne dich komme ich nicht darüber hinweg. Ohne dich schaff ich das nicht.' Dann hat er geflennt, dieser große Kerl! Ich hab versucht, ihm zu helfen. Ich habe mich wirklich bemüht."

Na bitte! Hab ich's nicht geahnt? Genau die Konstellation dafür. Schuldgefühle. Selbstmord. Dagmar Bruns sah ihre Befürchtung schon fast bestätigt.

Nachdenklich drehte die Frau des Vermissten an ihrem Ehering. „Und dann vorgestern. Plötzlich war er weg. Kam nicht zum Abendbrot. Blieb über Nacht weg. Na, ich will nicht kleinlich sein. Wenn er in ein Abenteuer geraten wäre, was hätte ich da sagen sollen? So durcheinander, wie er war. Vielleicht hätte es ihm sogar weitergeholfen."

Dagmar Bruns schaute erstaunt auf. Das gab es auch? Verständnis für einen Seitensprung? Eigenartig. Ihr Blick fiel noch einmal auf das Kruzifix. Du sollst nicht ehebrechen.

„Frau Bart, wann war das?"

„Ja, vorgestern war das. Den ganzen Tag habe ich gewartet. Dann habe ich ihn als vermisst gemeldet."

„War das nicht gestern?", versuchte die Beamtin richtig zu stellen. Wieso kriegte die Erzählerin das nicht auf die Reihe? Warum wirkte sie so fahrig? „Frau Bart, gestern, Mittwoch, die Vermisstenmeldung, weitere zwei Tage davor, am Montag, ist Ihr Mann zuletzt hier bei Ihnen gewesen."

„Richtig. Natürlich! Ich kriege das schon alles durcheinander, in der Aufregung." Jetzt schien sie hektisch und verwirrt. Weil sie sich verhaspelt hatte? Das musste mal in Ruhe geordnet und überprüft werden, was wann war.

Komisch, dachte Dagmar. Trotz der Tränen zu Beginn – so richtig erschüttert wirkt die besorgte Ehefrau nicht unbedingt.

Ihre nächsten Worte klangen fast schon nach Resignation: „Hoffentlich ist ihm nichts Schlimmes passiert!" Befürchtete sie ebenfalls, dass er sich etwas angetan haben könnte?

„Wie kommen Sie darauf, dass ihm womöglich was passiert ist?", ließ Dagmar Bruns nicht locker.

„Das war so: Die Eltern des toten Kindes haben auf dem Weg aus dem Gerichtssaal so eine Andeutung gemacht, dass Hans in Zukunft gut auf sich aufpassen sollte. Vielleicht gäbe es ja doch eine Gerechtigkeit. So ein Quatsch! Er war doch nicht freigesprochen worden! Ich fand, das klang wie eine Drohung. Stimmt das nicht? Und seit Hans wieder zu Hause war, stand häufig auf der Hauptstraße ein Auto. Da saß einer drin, der immer zu uns herübersah. Kann auch eine Frau gewesen sein. So, als wollte die Person ankündigen: *Irgendwann bist du dran, du Mörder meines Kindes! Wir warten nur auf einen günstigen Augenblick.* Zuerst habe ich mir ja nichts dabei gedacht. Aber nachdem Hans verschwunden ist, mache ich mir doch Sorgen."

Das wollte die Polizistin doch genauer wissen: „Was für ein Auto, Frau Bart? Ein Pkw? Fabrikat? Farbe? Können Sie Angaben dazu machen?"

Ein Pkw sei es gewesen. Dunkel. Fabrikat? Auf die Entfernung habe sie es nicht erkennen können. Sie verstehe auch nicht viel von Autos.

„Na gut." Scheinbar zufrieden mit dieser Auskunft setzte Dagmar Bruns das Gespräch fort. „Wie sind Sie eigentlich zurechtgekommen, in den fünf Monaten ohne Ihren Mann? Das war doch sicher nicht einfach für Sie. Haben Sie eigentlich Kinder?"

Kopfschütteln als erste Antwort. „Allein zurechtgekommen? Ach das ging. Zuerst war ich ziemlich hilflos. Im Badezimmer hatte ich gleich am Anfang eine furchtbare Überschwemmung. Da bin ich zu unserem Nachbarn gerannt. Der hatte alles schnell wieder im Griff."

„Wie heißt der Nachbar?"

„Heiko Flint. Der Bauernhof, zweihundert Meter von hier. Später habe ich ihn dann noch einige Male um Hilfe gebeten." Sieh da, ein leichtes Lächeln im Gesicht, registrierte die Besucherin.

Sie bohrte nach, unerbittlich. „Also ein sehr hilfsbereiter Mensch?"

„Ja. Doch. Kann man sagen." Aber das Lächeln war bereits wieder verschwunden, die Kontrolle über die Gesichtszüge wieder vollständig.

„Gut, Frau Bart." Dagmar Bruns erhob sich. „So weit erst einmal. Kann sein, dass ich mich bald wieder melde." Das vorsichtige Durchatmen entging Dagmar Bruns nicht. Erleichterung? Aber das musste nicht unbedingt etwas bedeuten.

„Ach, eins noch. Sie haben hier ein so schönes Haus. Was machen Sie beruflich?"

Sie sammelte Einzelheiten. Wer weiß, wozu diese Kenntnisse noch mal gut sein würden. Vielleicht würden sie noch gebraucht, beim Puzzle.

„Ich bin Krankenschwester. Mein Mann war in der Speditionsfirma angestellt. Ihm wurde gekündigt, vor einigen Tagen. Mit fadenscheinigen Argumenten. Vorbestrafte sind eben Menschen zweiter Klasse. Die Kündigungsfrist wird aber eingehalten."

Und nach kurzer Unterbrechung, auffällig schnell gesprochen: „Schon möglich, dass wir dagegen klagen. Ich jedenfalls werde Hans dazu ermuntern."

War da in dem Gesicht der Gesine Bart ein Anflug von Triumph? So, als klopfte sie sich innerlich auf die Schultern ob ihres großartigen Einfalls. Dagmar hatte es gesehen, konnte sich aber keinen Reim darauf machen.

Inzwischen hatten sie die Haustür erreicht. Die Kriminalbeamtin streckte der Gastgeberin die Hand entgegen: „Danke, das wär's. Bis vielleicht demnächst."

Ein Satz von Frau Bart schwirrte ihr im Kopf herum. Warum wollte sie *nicht kleinlich sein*? Das war doch sehr ungewöhnlich, normalerweise. Wer nimmt schon klaglos hin, wenn der Ehepartner fremd geht? Dafür konnte es nur eine einzige Erklärung geben.

Warum sie sich auf dem Weg zum Fahrzeug noch kurz umdrehte, wusste sie selbst nicht. Vielleicht Intuition. Waren das zwei Gesichter am Fenster, vor denen die Gardine zugezogen wurde? Das konnte ja eigentlich nicht sein.

Beim Öffnen der Autotür sah sie zum Bauernhof hinüber. Ein kleiner Besuch bei diesem hilfsbereiten Nachbarn konnte nicht schaden. Dagmar Bruns stieg in ihren Dienstwagen, lenkte ihn zur Straße und dann gleich wieder aufs Nachbargrundstück.

Es öffnete eine Frau um die Vierzig, gesunde Gesichtsfarbe.

„Frau Flint?"

Kopfnicken.

„Ist Ihr Mann auch zu Hause?"

Kurzes, bitteres Auflachen. „Einen Mann habe ich nicht. Leider. Nur einen Bruder."

Ob sie den mal sprechen könne?

„Keine Ahnung, wo der sich wieder herumtreibt. Vielleicht bei ihr da drüben!"

Pure Resignation. Arme Frau, vom Leben vernachlässigt.

„Wieso das?", fragte die Beamtin von der Kripo nach.

„Seit der Kerl von der im Knast saß, habe ich meinen Herrn Bruder selten zu Gesicht gekriegt. Die da drüben sicher mehr als ich."

„Danke, Frau Flint. Ach, ist Ihr Bruder verheiratet?"

„Der? Nee! So weit kommt das noch! Dann wäre ich hier verschwunden, das können Sie glauben!"

„Warum?"

„Noch eine Person bedienen? Nicht mit mir!"

„Ach, eine Frage noch, Frau Flint: Haben Sie in den letzten Tagen ein Auto auffällig häufig vorn auf der Straße stehen gesehen?"

„Weiß ich nicht. Glaube ich nicht. Aber ich achte auf so etwas auch nicht. Ich hab schließlich genug andere Sachen zu tun. Tut mir leid."

„Was ist eigentlich hinter der Scheune los? Sie haben ja gar keinen Misthaufen, um diese Jahreszeit!"

„Der musste weg. Bescheid des Landkreises. Die alte Unterlage war brüchig geworden. Diese Wichtigtuer hinter ihren Schreibtischen. Neu gießen mussten wir den Beton! Wissen Sie, was das kostet?"

„Nun gehe ich aber wirklich, Frau Flint!" Dieses mürrische Gesicht konnte einem die Laune verderben. „Es gibt doch Frauen, die zu bedauern sind", seufzte die Kripobeamtin halblaut. „Aber vielleicht haben sie auch selbst Schuld."

Als sie wieder in ihrem Fahrzeug saß, ließ sie den gerade angelassenen Motor wieder verstummen und griff zum Handy. Es war ihr etwas eingefallen.

„Ja, ich bin's. Ihr müsst mal etwas für mich herausfinden. Vor einigen Monaten, vielleicht sechs oder sieben, hat es einen Prozess wegen fahrlässiger Tötung gegen einen Hans Bart gegeben. Ja, wie Ziegenbart. Den Namen des Unfallopfers brauchen wir. Die Eltern fahren vermutlich einen Pkw. Bringt bitte heraus, was für ein Fabrikat, Farbe et cetera. Ihr wisst schon. Möglichst mich sofort auf meinem Handy anrufen. Alles klar?"

Sie startete ein zweites Mal und rauschte schwungvoll Richtung Hauptstraße und Dorfmitte. Ein paar Mal schon hatte sie, wenn sie gerade in der Nähe zu tun hatte, im Stehcafé der Dorfbäckerei eine Pause eingelegt. Dort gab es erstaunlich guten Kaffee und leckere Rosinenschnecken. Die aß sie für ihr Leben gern. Rosinenschnecken direkt aus der Bäckerei, da konnte sie nicht vorbeifahren. Sie ließ sich Zeit, sogar einem Schwätzchen mit der Inhaberin war sie nicht abgeneigt. Über die leckeren Sachen, über das schöne Wetter zur Zeit. Über die Nachbarschaft.

Gesine und Hans Bart? Die Geschwister Flint? Ach, dazu wollte sie lieber nichts sagen. Es wurde so schon zu viel über diese Leute getratscht.

Elvira zückte ihren Dienstausweis. „Und wenn ich Sie hochoffiziell befrage? Ich bin von der Kripo. Frau Bart hat ihren Mann als vermisst gemeldet."

Die Frau hinter dem Tresen zögerte. „Ich rede nicht gern über Nachbarn. Ich weiß eigentlich auch nichts." Ihre Miene verdüsterte sich. Na, so ganz kalt ließ sie der Fall offenbar doch nicht.

„Vielleicht dieses, Frau Kommissarin", besann sie sich. „Während der arme Hans im Knast aus dem Blechnapf aß, kam es vor, dass Gesine ab und zu statt der gewöhnlichen drei Brötchen sechs haben wollte. Die Flint holte an diesen Tagen immer nur zwei. Und nicht vier. Und war ziemlich sauer."

Dabei lachte die Frau des Bäckers, nur klang es eher bitter. Sie hatte Sinn für Pointen, denn diese scheinbar belanglose Bemerkung hatte es in sich.

Die Kripobeamtin nickte. Etwas Ähnliches hatte sie schon vermutet. Deshalb war sie auch noch nicht gleich wieder zur Dienststelle gestartet. Vielleicht ließ sich ja vor Ort alles ganz schnell aufklären. Sie verabschiedete sich und trat nach draußen. Im selben Moment meldete sich ihr Mitarbeiter.

Sie hörte kurz zu, fragte dann noch einmal nach: „Was für ein Auto? Wohnmobil? Weiß, ach so. Und haben sie ein zweites Fahrzeug? Nicht? Okay, danke!"

Damit war die Aussage, die Eltern des getöteten Mädchens hätten das Haus kontrolliert, als Lüge entlarvt. Die Leute besaßen überhaupt kein Fahrzeug, das der Beschreibung dieser Frau Bart entsprach. Eine falsche Fährte, vermutlich gelegt, um die Polizei zu täuschen!

Also noch mal zurück zur Krankenschwester, die angeblich ihren Mann vermisste. Sie klingelte an der Haustür des gepflegten kleinen Gebäudes und drückte zugleich auf die Türklinke. Offen! Sie trat ein ohne abzuwarten. Unschlüssig verharrte sie im Flur. „Frau Bart? Hallo! Ich weiß doch, dass Sie da sind!"

Es dauerte einen Moment, bis die hintere Flurtür geöffnet wurde und die Gerufene herauspolterte. Während sie sich hastig den widerspenstigen Pullover über den Rest des nackten Oberkörpers zu ziehen versuchte, verlor sie eine ihrer Pantoletten und musste einige Schritte zurückhüpfen, um sie mit dem bloßen Fuß einzufangen. Interessanter war der Ausdruck ihres Gesichtes, in dem sich Überraschung und Ärger mischten.

Kühl herrschte Elvira Bruns die Ertappte an: „Sagen Sie Ihrem Liebhaber, dass ich Sie beide in einer Minute im Wohnzimmer sprechen möchte. Und dann erzählen Sie mir, was Sie und

Herr Flint mit Ihrem Mann gemacht haben! Und vielleicht etwas über die Baumaßnahme hinter der Scheune."

Im Wohnzimmer, unter den Augen des Gekreuzigten.

Schöne Nebensache

Fußball sei die wichtigste Nebensache der Welt, behaupten die Briten. Das Derby zwischen dem SV Fortuna und dem Sportklub hatte es immer in sich. Die beiden benachbarten Dörfer lebten mit allen friedlich zusammen, nur nicht miteinander. Zwischen ihnen beiden herrschte Krieg. Sie hatten nur eines im Sinn: Das andere Dorf zu übertrumpfen, in jeder Beziehung, aber ganz besonders im Fußball.

Sie bedienten sich dabei aller möglichen Mittel. Einen guten Spieler von weiter her zum Beispiel in den Verein zu holen, war ein kluger Schachzug. Besonders schlau war, was dem Sportklub zu diesem Thema eingefallen war: Ihnen war es kurz vor Ende der Wechselfrist geglückt, den besten Spieler vom SV Fortuna loszueisen: Daniel Sommer. Dieser Handstreich wirkte gleich doppelt. In demselben Maße, wie man sich verstärkte, schwächte man den Rivalen. Genial!

Jetzt stand der Höhepunkt der Herbstserie auf dem Programm, das direkte Aufeinandertreffen der beiden Dorfvereine. Die Männer vom SV Fortuna mussten sich etwas einfallen lassen. Dass sie fünf Tabellenplätze unter dem Sportklub rangierten, war schon Demütigung genug. Im direkten Vergleich zu unterliegen, wäre die schlimmste Schande, die man sich vorstellen konnte. In der Mannschaftssitzung nach dem letzten Training vor dem Spiel hatte Jan Martensdorf plötzlich eine Idee. Er überlegte, sie dem Trainer vorzustellen, verwarf diese Möglichkeit aber schnell wieder. Je weniger ihrer eigenen Leute eingeweiht waren, desto geringer blieb das Risiko, dass etwas nach draußen, vielleicht sogar ins Nachbardorf, drang.

Als alle aufbrachen, wandte Jan sich an Eric Gomann und Speedy Winkler. „Kommt mal eben mit auf ein Bier zu Willi." In der Kneipe verkrümelten sich die drei in die entfernteste Ecke. Jan stellte Eric und Speedy seinen Plan vor.

„Ist ja fies, aber eine echte Chance. Die einzige!", kommentierte Speedy.

*

Der Schiedsrichter hatte alle Hände voll zu tun. Im gleichen Maße wie die Spieler der Mannschaften gifteten sich die Zuschauer der beiden Vereine an. Protestgeschrei links – Beifallsgegröle rechts, Protestgeschrei rechts – Beifall entsprechend links! Es ging hoch her.

Der Torwart der Gastmannschaft musste gerade selbst den Ball aus dem Gebüsch holen. Diesen Weg nahm ihm keiner der heimischen Ordner oder gar Zuschauer ab. Plötzlich hörte Daniel: „He, du Verräter, ich kann dir sagen, wo deine Frau in diesem Moment ist. Da, wo sie immer hingeht, wenn du Fußball spielst!"

Er drehte sich um. Jan Martensdorf! Früher waren sie beide die besten Freunde gewesen. Da hatten sie noch zusammen bei Fortuna gespielt.

Daniel hörte nicht auf den Unsinn. Er löste sich von seinem Gegenspieler und lief dem Ballführenden entgegen, um sich für ein Abspiel anzubieten. Jan hinterher. Als sich das Geschehen weiter seitwärts verlagert hatte, war Jan wieder neben Daniel. „Deine Gaby ist mit dem Auto in der Stadt! Rate mal, bei wem!"

„Lass mich in Ruhe!" Im gleichen Moment ärgerte Daniel sich, dass er auf den Quatsch eingegangen war. Das Beste war immer noch, die Ohren auf Durchzug zu stellen.

Er wusste, dass es Jan log. Daniel liebte Gaby über alles, und Gaby liebte ihn. Das war so sicher wie das Amen in der Kirche. Die wollten ihn verrückt machen, verunsichern, dass er nicht seine Leistung bringen konnte. Schließlich hatte er den Verein gewechselt. Das wurmte sie. Aber das Angebot konnte er nicht ausschlagen. Sie würden ihm das Badezimmer in seinem Neubau machen, ohne dass er einen Cent zu bezahlen hätte. Das hatte er schriftlich.

Gaby war treu. Wenn sie etwas vorgehabt hätte, wüsste er es. Sie saß bestimmt zu Hause und kümmerte sich um das Baby.

Mit schnellem Antritt startete er in den freien Raum. Schon war der lange Pass unterwegs. Er passte vom Timing her genau in seinen Lauf! Die Verfolger in den grünen Hemden blieben zurück, Ja, er war schnell! Ohne ihn anzunehmen beförderte er den Ball in Richtung Tor. Los! Flieg in die Maschen! Sch...! Mist! Verdammter! Knapp vorbei!

Er trabte zurück, an Speedy Winkler vorbei.

„Du tust mir echt leid! Deine Frau ist jetzt gerade im Fitnesscenter. Bei Mario", raunte Speedy ihm zu, für die Zeit dieser Worte parallel neben ihm sich haltend.

„Ach, leck mich!"

„Ist dir das so egal? Das kann ich mir nicht denken!", stichelte Speedy weiter und blieb anschließend stehen.

Daniel passte es nicht, dass er so wenig angespielt wurde. Deshalb ließ er sich zurückfallen, um eher an den Ball zu kommen. Das gelang. Mit der Lederkugel am Fuß machte er sich auf in die Richtung des gegnerischen Tores. Rechts vorbei, links vorbei, mit einer Schnelligkeit, die ihm keiner nachmachte. Die Strafraumgrenze näherte sich. Gleich würde er abziehen. Von der Seite ein grünes Trikot! Ein Schlag gegen den Fuß! Auf dem Bauch überrutschte er die Kreidelinie. Foul! Böses Foul!

Umgehauen hatten sie ihn. Von hinten! Der Schiedsrichter rannte herbei, einen langen scharfen Pfiff ausstoßend. Plötzlich umringt von roten und grünen Spielern. Konfuses Geschrei. Die einen forderten Elfmeter und die rote Karte, die anderen die gelbe Karte für den Gefoulten wegen Schauspielerei. So eine Unverschämtheit! Wenn das kein Foul war ...!

Der schwarze Mann ließ sich nicht beeindrucken. Ganz langsam und mit spitzen Fingern zog er die gelbe Karte aus der Brusttasche. So langsam, dass alle Protestierer Zeit hatten, sich zu beruhigen. Und zu begreifen, dass sie die ersten Adressaten werden könnten, wenn sie ihn weiter so bedrängten. Das funktionierte.

Als nächstes winkte er den Mann zur Seite, der Daniel zu Fall gebracht hatte. Gelb für ihn. Ein Teil der Zuschauer tobte. Nicht mal die rote Karte, so eine Schweinerei! Fäuste wurden gereckt! Ach Quatsch!, so die andere Seite. Der ist doch von selbst umgefallen! Einige Zuschauer standen direkt am Spielfeldrand, bereit, aufs Feld zu stürmen. Da gab es nur eine Maßnahme: Der Mannschaftsführer der Heimelf, Jan Martensdorf, wurde vom Schiedsrichter heranbeordert: „Bitte beruhigen Sie die Leute, damit ich wieder anpfeifen kann. Alle Zuschauer müssen hinter die Barriere. Wenn das nicht passiert, breche ich das Spiel ab, mit einem entsprechenden Vermerk im Spielbericht. Ihr Verein ist für die Ordnung zuständig."

Die Umsetzung dieser Anweisung dauerte, weil einige Zuschauer sich nur sehr widerstrebend fügten. Aber dann konnte das Spiel fortgesetzt werden.

Direkt vor der Strafraumgrenze war der imaginäre Punkt, auf den der Schiedsrichter zeigte. Freistoß. Mit großen Schritten maß er den Abstand der Mauer aus grünen Spielern. Was nun kam, gehörte zu Daniels Aufgaben. Er griff sich den Ball und legte ihn sorgfältig vor die Linie, nicht ohne ihn mehrmals zu drehen, bis er mit der Position des Balles zufrieden war. Lag er zu niedrig, in einer Vertiefung, dann konnte er ihn nicht voll treffen. War ein Grasbüschel darunter, so konnte es geschehen, dass er über das Tor stieg.

Was jetzt kam, hatte er hundertmal geübt. Das wussten auch noch die Spieler vom gegnerischen Sportklub. Anlauf – der Ball flog rotierend im Bogen aufs Dreieck zu. Immer länger streckten sich die Arme des Torwarts – aber vergeblich! Der Ball passte! Er passte genau ins obere rechte Dreieck! Tor! War das ein Jubel bei den Roten!

Inzwischen hatte sich Eric Gomann dem Torschützen genähert, der immer noch stolz die Arme hochreckte. „Du Idiot! Deine Gaby liegt in diesem Moment mit Mario im Bett! Soll ich dir sagen, was die da machen? Fängt mit f an!“ Das war zu viel! Daniel drehte sich um und schlug zu. Mitten ins Gesicht! Mit voller Kraft. Eric stürzte, wälzte sich auf dem Rasen, die Hände im Gesicht. Zwischen den Fingern quoll Blut heraus.

Daniel wusste, was ihn jetzt erwartete. Er schaute auf die rote Karte und rannte vom Platz, zu seinem Auto, ohne sich umzuziehen. Gut, dass seine Schwester pfiffig genug war und ebenfalls zum Auto eilte. Ihr hatte er den Schlüssel gegeben. Und nun: Nur weg! Wahrscheinlich waren einige Fanatiker ihm schon auf den Fersen!

Nach fünf Minuten stoppte er. Wo war sein Handy? Oh, verflixt. Das hatte er im Umkleideraum liegen lassen. Mit den Klamotten! Also in die nächste Telefonzelle. Gut, dass er wenigstens die Telefonkarte noch im Handschuhfach hatte! Er wählte den Anschluss ihrer Wohnung und wartete ungeduldig. Los, Gaby! Geh ran. Du bist doch zu Hause!

Aber nichts tat sich.

*

Gaby schaute auf die Uhr. Sie begriff nicht, was das Ganze sollte. Warum sie Karoline bei ihrer Mutter abgeben, deren Wagen ausleihen und hier um halb sechs auf Daniel warten sollte. Noch fast eine halbe Stunde würde es dauern. Warum hatte er ihr eine SMS geschickt und sie nicht angerufen? Alles war so komisch. Als sie gerade beschlossen hatte, dem Theater ein Ende zu bereiten und zurückzufahren, sah sie einen schwarzen Focus Combi auf sich zurollen. DS 111 – das war ihr Kennzeichen! Sie begriff zwar immer noch nichts, aber gleich würde sie erfahren, was das alles zu bedeuten hatte.

Daniel riss von außen die Wagentür auf. „Was machst du hier, Gaby?"

Sie war perplex: „Gute Frage. Du hast mich hier herbestellt und fragst mich, was ich hier mache!"

„Was? Ich? Dich?" Plötzlich schwante ihm etwas. Sollte das mit dem Spiel heute Nachmittag zu tun haben?

„Bist du angerufen worden?"

„Nein, das war es ja: eine SMS habe ich gekriegt. Von dir. Ich habe mich schon gewundert. Dann warst du das gar nicht? Ich habe auch nicht genauer hingeguckt und bin gleich losgegangen. Zu Mama."

Sollten irgendwelche Leute bei den ungastlichen Gastgebern schon gleich zu Anfang sein Handy aus ihrem Umkleideraum mitgehen lassen haben? Das war Diebstahl! Die SMS musste ja von seinem Handy abgeschickt worden sein. Anders ging es nicht. Verdammt – dann hatte er anscheinend wieder vergessen, es auszustellen!

Daniel war völlig durcheinander. Was sollte er bloß von alledem halten? Schließlich standen sie vor dem Fitnesscenter, das diesem Mario Cramer gehörte.

Ein aufkeimendes Gefühl des Misstrauens legte sich merkbar auf seinen Magen. Er spürte leichte Übelkeit. War es nicht tatsächlich so, dass Gaby ihn kühler behandelte, seit das Baby da war? Er hatte es immer darauf geschoben, dass die Kleine ihn auf den zweiten Tabellenplatz verwiesen hätte, wie er im Spaß ausdrückte.

*

Die Woche war trotz allem planmäßig angelaufen. Der Alltag hatte sie wieder voll im Griff.

„Du, Daniel, was würdest du dazu sagen, wenn ich etwas für meine Figur tun würde?"

Sie saßen am Kamin. Karoline lag in ihrem Bettchen im Schlafzimmer und hatte sich beruhigt. Das bedeutete für Gaby und Daniel Feierabend, gemütlich zusammenhocken, miteinander über alles Mögliche reden, Zukunftspläne machen.

„Nach Karolines Geburt ist meine Bauchdecke doch reichlich schlaff geblieben“, nahm Gaby einen neuen Gedanken auf. „Vielleicht sollte ich ein bisschen Gymnastik machen. Oder mich in einem Fitnessstudio anmelden. Oder zumindest mal fragen, was man da machen könnte. Da gibt es eins in der Stadt, in dem ein Arzt und ein Physiotherapeut die Übungen kontrollieren. Katja hat mir davon erzählt. Katja geht regelmäßig dorthin, seit ein paar Wochen.“

Ausgerechnet diese Katja. Er mochte sie nicht besonders. Eine Frau, die es ablehnte, Kinder zu kriegen, weil sie sich ihre Figur nicht verderben wollte. Außerdem rauchte sie, eine Unart, die er bei Frauen besonders abstoßend fand. Aber bisher hatte er nichts Kritisches dazu gesagt. Gaby sollte ruhig ihre Bekanntschaften von früher weiter pflegen.

„Wir haben übrigens am letzten Sonntag vor diesem Studio gestanden. Du weißt doch, als jemand sich den Scherz mit uns erlaubt hat.“

Jetzt wurde Daniel hellhörig. „Heißt der Inhaber Mario?“

„Ja, ich glaube wohl. Mario ... Cramer. Steht jedenfalls über dem Eingang.“

„Also, Spatz ...“

Gaby sah auf, sie freute sich, dass er sie so lieb ansprach, nach diesem Wochenende voller Missverständnisse.

„... ich finde deine Idee nicht schlecht. Aber nicht bei diesem Mario Cramer. Da bin ich absolut gegen!“

Gaby wunderte sich: „Wieso das ausgerechnet? Kennst du den überhaupt?“

„Nein, das nicht. Aber ich habe meine Gründe, glaub mir!“

*

Gemeinsam hatten Katja und Gaby ihre Einkäufe erledigt und saßen auf einen Eisbecher beim Italiener.

„Übrigens, Daniel findet die Idee auch gut, wenn ich mich zum Fitnesstraining anmelde“, berichtete Gabi zwischen zwei Löffeln Eis.

„Oh, super! Dann können wir ja zusammen gehen!“

„Ja, würde ich auch gern. Aber da gibt es ein Problem. Daniel will nicht, dass ich zu deinem Mario gehe. Warum, weiß ich nicht. Und sagen will er es mir auch nicht."

„Das verstehe ich nicht, Gaby. Der Typ ist absolut top. Er ist Physiotherapeut und hilft jedem, der es möchte, er hält sich zurück, wenn keiner auf ihn zukommt. Zugegeben, ein bisschen wirkt er wie ein Schönling, wie ein Frauenaufreißer. Schwarz gefärbte Dauerwelle. Höhensonnengebräunt, ziemlich eitel. Aber das täuscht. Ich glaube sogar, der macht sich nichts aus Frauen!"

„Trotzdem, ich weiß nicht ...!"

„Ich habe eine Idee: Du gehst mit mir mit und verrätst deinem Mann einfach nichts davon. Sag ihm eine andere Adresse. Der wird ja nicht hinterherfahren und nachgucken!"

„Meinst du wirklich, Katja? Also, wohl fühle ich mich nicht dabei!"

*

Eigentlich hatte er volles Vertrauen zu Gaby. Aber ihm passte es nicht, dass sie dauernd mit dieser Katja zusammenhing. Und diese Geschichte vom letzten Punktspiel ließ ihm auch keine Ruhe. Der Name Mario war es, den er nicht vergessen konnte.

Heute war Gaby wieder weggefahren. Daniel fühlte sich mies dabei, aber er lieh sich von seinem Nachbarn den Wagen und wollte mal nachsehen. Mal gucken, wie Gaby sich anstellte. Unsportlich war sie gewiss nicht. Aber die Schwangerschaft hatte in der Tat Spuren hinterlassen. Hoffentlich fühlte sie sich nicht kontrolliert. Ach, er belog sich selbst und merkte es auch. Natürlich war das Kontrolle! Was stand auf seinem Zettel? Die Adresse hatte er aus dem Telefonbuch. Ja, hier musste es sein.

Also hinein, zur Rezeption. Wie bitte? Eine Gaby hatten sie hier nicht. Eine Gaby Sommer? Nein: Ganz sicher nicht. Die Angestellte blätterte das Buch auf sein Drängen noch einmal durch. Nein. Tut mir leid. Eine Gaby ist bei uns nicht angemeldet. Aber vielleicht würde er die Adressen verwechseln. Vielleicht sollte er es bei Mario Cramer am Alten Postweg mal versuchen.

Also doch! Es war doch nicht gelogen. Den Burschen wollte er sich vorknöpfen. Man soll doch den Weibern nicht trauen. Die wollen alle das Gleiche.

Er stellte den Wagen ab und stürmte ins Gebäude. Wie bitte? Gaby Sommer? Ja klar, dort hinten. Sie lässt sich vom Chef gerade eine Übung zeigen.

Wieso fasste der Kerl seine Gaby an? Daniel riss sie an der Schulter herum.

„So, hier bist du also!"

Gabys Gesicht war weiß vor Schreck! Oh Gott!

„Daniel! Lass Mario los! Er hat mir doch nur ..." Weiter kam sie nicht. Sie spürte die Ohrfeige auf der Wange brennen und stürzte. Soeben bekam sie noch mit, wie der rasende Junge auf den Besitzer eindrosch, bis der taumelte. Woher hatte Daniel plötzlich das Messer? Nein! Nicht! Gaby sprang auf, warf sich zwischen die beiden!

Zu spät! Die Klinge war schon auf dem Weg.

Sextanerblase

Sie waren von der Theke aufgesprungen und ans Fenster gelaufen. „Sie ist wieder da, die Uhr kannst du danach stellen. 12 Uhr, pünktlich."

„Wer ist da?", fragt René. Halb gelangweilt ist er den älteren Männern gefolgt, da er allein an der Theke übrig blieb. Hätte er doch bloß *nein danke* gesagt, als sein Onkel ihn zum Stammtisch einlud. „Wer soll das sein?"

Einer der älteren Gäste erklärt: „Die kennst du auch. Die läuft doch nachmittags mit ihrem Pudel durch die Stadt. Donnert sich immer ordentlich auf. Vornehm gekleidet, von weitem. Wenn du genau hinguckst, siehst du was anderes. Die ist ziemlich abgerissen."

Jetzt steigt sie vom Rad, lehnt es an die Mauer. Guckt einmal nach links, einmal nach rechts – und ist verschwunden.

„Wo ist sie geblieben?", wundert sich René.

„Ja, das ist das Lustige! Durch den Hintereingang in die Hoteltoiletten. Da wartet sie." Mit Eifer wird der junge Mann in die Geheimnisse eingeweiht.

„Worauf soll die denn warten, auf der Toilette? Das ist doch Quatsch!"

Der Älteste unter ihnen, weißhaarig, stochert mit seinem Zeigefinger unablässig auf der Brust des jungen Burschen herum. „Wie alt bist du? Darfst du das überhaupt schon wissen, was sich da abspielt? Fünfundzwanzig? Wollen wir es ihm sagen? Dürfen wir das überhaupt? So einem grünen Jungchen?"

„Ho! Ausnahmsweise", scherzen die anderen. „Langsam muss er doch lernen, wie verdorben die Welt ist!"

„Aber kann er das schon vertragen? Vielleicht träumt er dann schlecht."

„Oder besonders schön", berichtigt einer aus dem Kreis mit ernstem Gesicht.

René wird ungeduldig: „Hört jetzt auf mit dem Unsinn! Also: Was ist da los?"

„Was da los ist, Kleiner? Das Natürlichste von der Welt. Pass mal auf!“ Er zeigt mit dem Finger auf das Gebäude an der anderen Straßenseite. „Dort im Hotelrestaurant sitzt jeden Vormittag, den Gott werden lässt, der Stammtisch zusammen. Nicht solche Hungerleider wie wir, nee! Das ist die *crème de la crème*. Da wird Politik gemacht. Alles, was in unserem schönen Dorf passiert, mein Junge, das wird da drüben am Stammtisch beschlossen. So! Und irgendwann ab 12 Uhr steht im Hotelrestaurant einer der feinen Herren in der Runde auf und muss mal. Nach zehn Minuten ist er wieder da. Und Else hat zwanzig Euro verdient. Auf dem Klo.“

„Ach! Und wer ist das, der zu ihr geht? Der Bürgermeister etwa?“

„Ja, das hätten wir auch gern gewusst. Joachim Eisen vielleicht. Oder Erich Deichgraf.“

René ist immer noch im Zweifel, ob er veräppelt werden soll. „Aber die sieht doch aus, als wäre sie schon sechzig!“

„Das ist sie auch.“

Ungläubig schaut der Junge von einem zum andern.

Momentan tut sich nichts gegenüber. Im Rückwärtsgang bewegt sich die ganze Bande wieder in Richtung Theke, tastet sich auf den Hocker, aber immer den Blick auf das Hotel. Bloß nichts verpassen!

Zwischendurch gibt es auch andere Themen. Bevorzugt, der Situation angemessen, brüstet man sich mit sexuellen Heldentaten. Bier ist geduldig. Kennst du die Dingsbums? Wie heißt sie denn noch … Du weißt schon! Die hast du noch nicht aufs Kreuz gelegt? Nichts leichter als das!

Männer um die fünfzig, man sollte nicht glauben, was die von sich geben. In der Kneipe kann man auch schon mal ordentlich auftrumpfen. Schließlich muss man ja mithalten mit den anderen. René kann dazu nur spöttisch grinsen und Beifall klatschen.

„He, was da jetzt abgeht, gehört aber nicht zum Programm!“

Die anderen gucken jetzt auch wieder hinüber.

„Auwei! Ist das nicht Sascha? Elses Junge? Ach du Schande! Der geht auch hintenherum! Rudi, ich möchte noch ’n Bier! Ich glaube, hier tut sich noch was! Die Vorstellung ist noch nicht zu Ende!“

Nacken können versteifen, wenn man dauernd unter der Gardine hindurch lauern muss. Wenn sich momentan nichts weiter tut, redet man auch wieder über Fußball, über das Finanzamt und wozu man anderweitig noch Luft ablassen muss. Und trinkt das eine oder andere Bier mit oder ohne Schnaps. Ihre Aufmerksamkeit wendet sich aber schlagartig wieder der Straße zu, als sich aus der allgemeinen Unruhe ein Signalton durch das Anwachsen der Lautstärke mehr und mehr Gehör verschafft. Der Rettungswagen? Kommt der hierher?

„Ich glaube, ich kriege heute kein Mittagessen zu Hause. Ich kann doch hier nicht weg!", stöhnt einer der Männer und steht wieder am Fenster. Nicht lange allein.

Unmittelbar vor dem Eingang des Hotels hat tatsächlich der Rettungswagen gestoppt. Nervös zuckt das Blaulicht. Verursacht Herzklopfen. Hat es da drüben jemanden erwischt?

Die Rettungssanitäter rennen hinein. Kurze Zeit später trifft sogar der Notarzt ein und verschwindet ebenfalls durch den Hoteleingang. Fragend verziehen die Zuschauer hinter der Gardine das Gesicht. Herzinfarkt? Wahrscheinlich, nicken sie sich zu. „Oder da hat sich einer auf dem Klo zu doll verausgabt!" Beifälliges, etwas zu lautes Lachen ist der allgemeine Lohn für diesen Gedankenblitz.

Jetzt eilen die rotweißen Helfer aus dem Haus in ihr Fahrzeug und rennen mit einer Trage zurück. Leider ist der Blickwinkel ungünstig, denn der Rettungswagen verdeckt dummerweise einen Teil des Hoteleingangs. Nun hält es die Thekenrunde nicht mehr hinter der Scheibe. Jeder Einzelne stürzt den restlichen Inhalt seines Bierglases in den Rachen und stürmt vor die Kneipe. Auf der Straße stehen kreuz und quer geparkte Autos. Neugierige schieben sich immer weiter zum Geschehen. So etwas sieht man nicht alle Tage!

Jetzt trifft auch die Polizei ein. Beamte springen aus dem Einsatzfahrzeug, setzen im Laufschritt ihre Mütze auf und sind kurz darauf ebenso im Haus verschwunden. Die Leute aus der Kneipe schauen sich wieder an und schütteln den Kopf. Kein Herzinfarkt. Da muss viel Schlimmeres passiert sein!

„Ihr glaubt gar nicht, was da los ist! So was habe ich noch nicht erlebt!"

Alles dreht sich zur Seite: „He, Karl-Heinz! Wo kommst du denn plötzlich her?"

„Mensch! Ich war drüben am Stammtisch. Eigentlich darf ich gar nicht weg. Trotzdem habe ich mich verpieselt. Damit will ich nichts zu tun haben!"

Der Bürgermeister sei dort, noch einige andere, Heini Küpker, wie sonst auch immer, Franz Kämmerlein, natürlich. Ihr wisst ja, wer alles zu dem Stammtisch gehört! Und dann, passt auf! Friedrich Matthes steht auf, geht zum Klo. Alles lästert, wie immer: Sextanerblase! Mensch Fidi, du hast doch noch nichts gehabt!"

Sie hätten weiter geklönt und gar nicht mehr daran gedacht, dass Fidi hinausgegangen sei. „Da kommt er zurück. Der sah aus! Das Hemd voll Blut. Fidi schafft es noch bis zum Stammtisch, dann klappt er zusammen. Erst dachten wir, er hätte Nasenbluten."

Sofort die neugierige Frage: „Und – wer ist das gewesen? Wer hat ihm eins aufs Zifferblatt gegeben?"

„Quatsch! Der hat sich nicht gekloppt. Irgendjemand hat ihm auf der Toilette oder auf dem Weg von dort eine verpasst! Mit dem Messer! Klar! Das war eine Stichwunde. Im Bauch. Ich kann kein Blut sehen. Als die anderen sich alle um Fidi kümmerten, habe ich mich verdrückt. Ich geh jetzt fein nach Hause und setz mich an den Tisch. Bei uns gibt's Grünkohl." Und weg ist er.

Inzwischen spuckt der Hoteleingang einen Pulk rotweiß und grünbeige gekleideter Männer aus, und Sekunden später verlassen die Fahrzeuge unter Getöse die Szene.

„Ob die Bullen den Täter wohl geschnappt haben?"

„Kann nicht sein, dann hätten sie ihn doch mitgenommen. Das hätten wir doch gesehen!", wirft René ein.

„Vielleicht war's einer vom Stammtisch. Oder ein Hotelgast. Ich bin gespannt, was morgen in der Zeitung steht", hört man, und dann das Echo „Ja, ich auch!" Nachdenklich schlendert jeder in die kleine Gastwirtschaft zurück, zu seinem Hocker an der Theke. Draußen gehen die Leute ihren Geschäften nach, als sei es nie anders gewesen. Nur in einem der Vorgärten stehen zwei Frauen zusammen, mit dem Blick auf das Hotel. Die letzten Kommentare. Auch unter den Stammtischlern hat sich die Aufregung bald gelegt, und es darf wieder über die Millionengehälter der Fußballspieler, Aufsichtsratsvorsitzenden und Formel-I-Fahrer geschimpft werden.

Kein Mensch bemerkt, wie in einem unbeachteten Moment Sascha Riege, nach allen Seiten sich umsehend, seine etwas verschreckt wirkende Mutter aus dem Hinterausgang des Hotels herausgeleitet, ruhig ein paar Worte mit ihr spricht und dann beobachtet, wie sie aufs Rad steigt und langsam davonfährt. Anschließend schwingt auch er sich auf sein Fahrrad und ist kurz darauf ebenfalls nicht mehr zu sehen.

In der Männerrunde an der Theke ist es stiller geworden. Man schaut auf die Uhr. Genug getrunken. Nicht viel später zählen die Gäste die Striche auf ihrem Bierdeckel und zücken das Portemonnaie. Es wird Zeit, nach Hause zu gehen, bevor das Essen kalt geworden ist und die Alte zu mosern anfängt. Aber immerhin gibt es interessante Neuigkeiten, die der guten Laune förderlich sind.

Zu Hause keine Misstöne, zum Glück. „Da bist du ja. Wo ist René? Hat er sich verdrückt? Setz dich man schon an den Tisch. Das Essen ist fertig. Hast du auch gehört, dass Friedrich Matthes tot ist?“

Ein Erbstück des Grossvaters

Die Frau am Telefon hatte eine Stimme, wie Rolf sie noch nie gehört hatte. Das war wie sanftes Streicheln, Schnurren, und Kosen. Als hätte sie nur eines im Sinn: Rolf und Nelli glücklich zu machen. Sie seien doch Kunden des Wunderburg-Verlages. Ob sie denn wohl zufrieden mit ihm wären. Ob sie Verbesserungsvorschläge, Ideen für ein neues Sortiment, irgendwelche Wünsche hätten.

Rolf sagte laut „Wunderburg-Verlag", damit seine Frau mitbekam, worum es ging. Nelli schaltete sofort: „Bei denen haben wir doch neulich zwei Videokassetten bestellt. *Carmen* und den *Zigeunerbaron*!"

Richtig. Rolf erinnerte sich. Aber in Wirklichkeit interessierte ihn der Verlag eigentlich überhaupt nicht. Ob er zufrieden wäre? Spielte diese Frage eine Rolle, wenn man einen Katalog durchblätterte? Obwohl er sich in diesem besonderen Falle allerdings doch sehr gefreut hatte, weil er auf der Suche nach bestimmten Opern und Operetten fündig geworden war.

Jetzt sang die Stimme am Telefon das schöne Lied, sie dürften zu Vorzugskunden aufsteigen. Sie wären auserwählt. Aufstieg aus der Zweiten Liga in die Erste. Ob sie denn morgen Zeit hätten.

Weichgearbeitet von der Stimme, gut gelaunt, völlig die in solchen Fällen nötige Skepsis vergessend, ließ er sich bequatschen. „Dann wird morgen an Ihrer Tür ein großer, gut aussehender, blonder junger Mann stehen", versprach sie.

Später änderte sich Rolfs Einstellung zu dieser Frage. Er ärgerte sich, dass er zugesagt hatte und den Termin nicht abwimmeln konnte. Aber es fiel ihm etwas ein, die ganze Geschichte rigoros abzukürzen.

Ein Teil der telefonischen Ankündigung traf am folgenden Nachmittag zu: Der Mann war in der Tat groß und blond. Mit blondem Schnauzbart. Minuspunkt. Kleines rundes Gesicht, aber über dem Hosenbund ein Wabbelbauch, der sich durch das offen fallende Jackett dem Betrachter aufdrängte. Minuspunkt. Zu kräftiger, nicht ganz trockener Händedruck: Minuspunkt.

Im Flur blieb er an der großen Dezimalwaage stehen. „Das ist ja ein schönes Stück. Wie haben Sie die denn ergattert?"

Voller Stolz erzählte Nelli, die Waage sei ein Erbstück ihres Großvaters, der früher ein Lebensmittelgeschäft betrieben habe. Auf dieser Waage seien außer Säcken mit Kartoffeln und Mehl auch sie als Kinder immer gewogen worden. Ganz besonders froh sei sie darüber, dass die Gewichte nicht verloren gegangen seien. Ohne sie wäre die Waage nicht mehr funktionstüchtig. Aber so habe sie ihnen schon gute Dienste erwiesen. Zum Beispiel das Gewicht der Pakete, die zur Post geschafft werden sollten, habe man im Voraus ermitteln können. Und natürlich die eigenen Kinder auch gewogen, allerdings mehr zum Spaß. Im Badezimmer hätten sie natürlich auch eine Personenwaage.

Jetzt würde sie die Gewichte der Größe nach auf der Wiegefläche aufstellen. Dahinter ein großer Strauß mit Blumen aus dem Garten. Alles zusammen würde den Flur dekorativ ausgestalten, nicht wahr?

Na klar, der Vertreter bestätigte das überschwänglich. Er war regelrecht begeistert.

„Regel eins hat er gemeistert", dachte Rolf. Kunden, denen du was andrehen willst, musst du erst nach dem Mund reden. Gute, verkaufsfördernde Stimmung erzeugen. Diese Geschichte mit der Waage hätte sich Nelli lieber schenken sollen. Sie kostete unnötig Zeit und gab dem blonden Mann Sicherheit, die nicht in Rolfs Interesse lag.

Er nahm den angebotenen Platz in der Küche an. Nelli und Rolf waren ganz Ohr, um keine Zeit zu verschwenden. Seit der ersten Musterung an der Haustür hatte sich bei Rolf ein deutliches Überlegenheitsgefühl eingestellt. Mit dem würde er schon fertig werden.

Wie die Dame am Telefon kreiste auch der aufdringliche Gast mit schönen, schmeichelnden Worten um seine eigentliche Absicht herum. Rolf griff ein und mahnte, er habe nur bis vier Uhr Zeit, dann müsse er zu seinem Betrieb. Einer Druckerei, die Maschinen kontrollieren. Die liefen vierundzwanzig Stunden, rund um die Uhr.

Das war der Trumpf in seiner Hand. Er hatte ihn schnell ausgespielt. Der Vertreter wollte ihnen natürlich etwas verkaufen.

Ein dreißigbändiges Lexikon zum Beispiel. „Nein? Aber hier etwas ganz Auserlesenes!“ Eine wunderschöne Bibel, mit herrlichen Ornamentbuchstaben verziert. Das stimmte sogar.

Mit dem Preis, der sündhaft war, kam er erst nach mehrmaligem Nachbohren heraus. In Monatsraten, mit denen er argumentierte, über Jahre verteilt, schien es sich um eine Kleinigkeit zu handeln.

Mit einem Seitenblick registrierte Rolf, wie seine Frau Interesse zeigte, sich mehr von der Bibel erklären ließ, den blonden Schönling nicht bremste, als ob die Zeitbeschränkung nicht selbstverständlich auch ihr Limit bedeutete. Sie galt natürlich nicht wirklich für sie, aber der Besuch sollte davon ausgehen, dass seine Anwesenheit als beendet zu betrachten sei, wenn Rolf gehen müsse.

Punkt vier stand also Rolf von seinem Stuhl auf und wartete ab, dass der im Redefluss kaum zu Bremsende mal Luft holte.

„Ich muss mich jetzt verabschieden“, warf Rolf schnell dazwischen, in der Erwartung, auch Nelli ließe den Mann ausreden, um dann ebenfalls „Tschüß“ zu ihm zu sagen. Aber nichts davon. Sie hing weiterhin an seinen Lippen, beachtete Rolf nicht, als er unwirsch anmerkte, er müsse jetzt aber dringend los.

Verärgert stieg Rolf in der Garage ins Auto und überlegte, wie er sich verhalten sollte. Er durfte doch wohl damit rechnen, dass kurz nach ihm die Haustür von innen geöffnet und der Gast, sich verabschiedend, zu seinem Auto gehen würde um einzusteigen und loszufahren.

Also ließ Rolf den Motor an und setzte sich scheinbar in Richtung Stadt in Bewegung, fuhr aber nur um das Viertel, um sich von der abgewandten Seite dem eigenen Haus wieder zu nähern. Er stellte sein Auto so ab, dass die Hausfront und der hellblaue Renault des Vertreters in seinem Blickfeld blieben, er selbst mit seinem Auto aber nicht zu sehen war. Schließlich wollte er wieder ins Haus zurück, wenn der „Besuch“ gegangen war.

Zehn nach vier. Jetzt müsste Nelli eigentlich so weit sein, dass sie ihn, auch unter Wahrung der Höflichkeitsregeln, hinauskomplimentieren konnte. Aber es rührte sich nichts.

Zwanzig nach vier. Was war nur los? Hoffentlich ließ sie sich nicht bequatschen und unterschrieb einen Kaufvertrag. Wenn doch, konnte man immerhin innerhalb von zwei Wochen davon zurücktreten. Das war wenigstens ein Trost.

Aber was hatten die so lange zu verhandeln? Rolf schaltete das Radio ein. Schlager der siebziger Jahre. Halt, diese Melodie kannte er! War das was mit „yellow“? Richtig: *Yellow Submarine*. Von den Beatles. *We all live in a yellow submarine*. So hieß der Text. Stimmte. Hatte er nicht vor Jahren mal auf einer Party bei Kollegen scharf mit der Dame des Hauses getanzt? Nelli hatte das gar nicht gefallen. Ein paar Minuten später wollte sie unbedingt nach Hause.

Verdammt! Was war, wenn der Bibelfritze sich an Nelli ranschlich? Manchmal machte sie sich richtig hübsch zurecht, auch mit der entsprechenden Duftnote. Er hatte gar nicht darauf geachtet, was sie anhatte, heute Nachmittag.

Fünf nach halb. Fünfunddreißig Minuten über der Zeit. Man sollte doch bei der Wahrheit bleiben! Die Lüge schleppte einen großen Nachteil hinter sich her: Er konnte nicht jetzt plötzlich mit der Wahrheit weitermachen, einfach zurückkommen – April! April! Habe mich mit dem Termin geirrt! Zurückkommen, um den Kerl achtkantig vor die Tür zu setzen. Danke für die Vorführung. Aber jetzt reicht es, mein Herr!

Vier Uhr fünfundvierzig. Hatte Nelli nicht etwas zu viel Interesse gezeigt? Ob sie wohl an diesem schrecklichen Weichling etwas finden würde?

Fünf Uhr. Es war schon längst kalt geworden im Auto. Saumäßig kalt. Also eine Runde fahren. Motorwärme erzeugen. Als er wieder an seinem Standort angelangt war, fror er noch genauso wie vorher. Aber er wollte das Gelände nicht länger außer Beobachtung lassen.

Konnte er sich eigentlich auf Nelli verlassen? Mit Hilmar, dem Nachbarn rechts von ihnen, tuschelte sie in letzter Zeit auch häufiger herum. Immer, wenn Rolf dazukam, schwiegen sie kurz und unterhielten sich dann laut über die Erdbeerernte oder andere unverfängliche Themen.

Dieser weichliche Kerl in seiner Küche! Konnte man an dem überhaupt etwas finden? Er hatte sich schon häufig mit Nelli gestritten, wenn sie Männer attraktiv fand, die ihm allenfalls ein Lächeln entlocken konnten.

Vielleicht war das auch bei diesem Fall so! Vielleicht war das gar nicht mehr zum Lachen! Vielleicht betatschte der Widerling schon seine Frau. Vielleicht erwiderte sie sogar seine Zärtlichkeiten. Ließ sich von seinen feuchten Händen streicheln.

Pfui Deibel! So weit würde sie es doch wohl nicht kommen lassen! Trotz der Kälte im Auto bildeten sich Schweißtropfen auf Rolfs Stirn. Einige Jahre war es schon her, dass Nelli so ganz nebenbei Rolf die Frage stellte, ob er eigentlich etwas dagegen hätte, wenn sie mit einem fremden Mann was anfangen würde. Wenn er ihr gefiele. Ob er tolerant genug wäre, sie für kurze Zeit freizugeben, eine Woche vielleicht. Er hatte gelacht, weil er es für einen guten Scherz hielt. Aber verdammt! Hatte sie womöglich für solche Gelegenheiten wie heute vorgebaut? Sie musste aber doch damit rechnen, dass er jederzeit auftauchen könnte.

Aus der Stereobox jetzt Udo Jürgens. Was sang er? *Nimm mich mit in dein Bettchen. Ich bin müde vom Wandern! Doch ich küsse auch dann nicht so schlecht wie die andern …*

Nun reichte es aber wirklich. Zündung an, Gang einlegen, mit quietschenden Reifen die hundertfünfzig Meter bis zur eigenen Haustür. Die Wut steigerte sich, weil er den Schlüsselbund nicht zu fassen kriegte! Da! Endlich! Er versuchte, den passenden Schlüssel zu finden, während er gleichzeitig den Klingelknopf betätigte. Es hätte ihn beruhigen müssen, dass Nelli nicht erschrocken war, dass sie nicht hastig, mit zitternden Fingern Knöpfe zumachte, dass sie sofort nach seinem Klingeln an der Tür erschien. Sie war kein bisschen überrascht, als sie ihm öffnete. Dass er zurückkam, war für sie nichts Unerwartetes. Schon eher, dass er wie wild klingelte.

Blind stürmte Rolf an ihr vorbei. Durch die Glasscheibe zur Küche sah er den Liebhaber seiner Frau ihm entgegengrinsen. Er saß noch an derselben Stelle wie vor einer Stunde. Unverschämtes, dreckiges Grinsen! Der machte sich doch tatsächlich lustig über so einen Dummkopf von Ehemann, der seine Frau kampflos mit ihm allein ließ! Ich werde dir dein Grinsen ausradieren! Du verdammter Kerl!

Wutentbrannt ergriff er das Zweieinhalb-Kilo-Gewicht von der Dezimalwaage und rannte in die Küche.

„Rolf! Nicht!“ Nellis Aufschrei konnte nichts mehr bremsen. Der Schlag mit dieser Waffe war erbarmungslos. Obwohl der große Mann sich instinktiv nach hinten beugte, um den erwarteten Schlag zu mildern, wurde er voll über dem Ohr getroffen. Wortlos, mitsamt dem Stuhl, kippte er seitwärts um. Dabei riss er die kostbare Bibel, an die er sich klammerte, vom Tisch herab auf den Boden.

Manfred Briese, geboren 1942 in Norden, arbeitet als Realschullehrer in Esens. Er schrieb zunächst vorwiegend hochdeutsche Prosa und Lyrik, in letzter Zeit verfasst er vermehrt plattdeutsche Geschichten und Lyrik. Gemeinsam mit Hans-Hermann Briese gab er sein erstes Buch „Mittnanner“ heraus. Veröffentlichungen in Tageszeitungen, Kalendern und Anthologien, u.a. in „Der schwarzbunte-Planet“ und „Schiefer als Pisa“. Briese ist Mitglied im Arbeitskreis ostfriesischer Autorinnen und Autoren und im Schrieverkring Weser-Ems.

„Mord auf der Mühlengalerie“ ist seine erste Sammlung hochdeutscher Kriminalgeschichten, die in Ostfriesland spielen.

Peter Gerdes:
Fürchte die Dunkelheit

Kriminalroman
ISBN 3-934927-60-2
11,90 Euro

Bernd Flessner
Greetsieler Glockenspiel
Ostfrieslandkrimi
ISBN 3-934927-48-3
9,90 Euro

Dieter Bromund:
Metzgers Testament

Inselkrimi
ISBN 3-934927-57-2
9,90 Euro

Martin Kleen
Anästhesie

Kriminalroman
ISBN 3-934927-51-3
9,90 Euro

Andreas Scheepker
Tote brauchen keine Bücher
Ostfrieslandkrimi
ISBN 3-934927-47-5
9,90 Euro

Kai Engelke
Der Totdenker

Kriminalroman
ISBN 3-934927-61-0
9,90 Euro